I0727920

* 9 7 8 1 7 3 8 3 6 3 8 7 2 *

شما می‌توانید It صدایم کنید!

شما می‌توانید It صدایم کنید!

فاطمه (صحرا) کلانتری

نشر رها

ونکوور، کانادا

نشر رها، بخش انتشارات کتاب رسانهٔ همیاری – ونکوور، کانادا

چاپ اول: ۲۰۲۵ میلادی – ۱۴۰۴ خورشیدی

شما می‌توانید It صدایم کنید!

نویسنده: فاطمه (صحرا) کلانتری

ویراستار: مریم هندوزاده

طرح جلد: فاطمه (صحرا) کلانتری

صفحه‌آرایی و چاپ: نشر رها

شابک نسخهٔ چاپی: 978-1-7383638-7-2

شابک نسخهٔ الکترونیک: 978-1-7383638-8-9

Rahaa Publishing is the book publishing division of Hamyaari Media Inc.
PO Box 31055, St Johns Street, Port Moody, BC V3H 4T4, Canada
+1-604-671-9505
info@rahaa.pub
www.rahaa.pub

Shomā mītavānīd īt sedāyam konīd!
(You May Call Me It!)
Fatemeh (Sahra) Kalantari
Editor: Maryam Hendoozadeh
Cover Design: Fatemeh (Sahra) Kalantari

به‌نام آن‌ها
که تن به پرواز می‌دهند
اما از جست‌وجوی قطعات گم‌شده‌شان
باز نمی‌ایستند...

دربارهٔ نویسنده

فاطمه کلانتری با نام هنری صحرا، شاعر، نویسنده و پژوهشگر ادبی، متولد ۱۳۵۷ در تهران است. او دانش‌آموختهٔ کاردانی فیلمنامه‌نویسی، کارشناسی کارگردانی سینما و کارشناسی ارشد ادبیات نمایشی است و اکنون دانشجوی دکتری پژوهش هنر می‌باشد. او در زمینهٔ فیلمنامه‌نویسی، از شاگردان استاد ناصر تقوایی به شمار می‌آید.

از صحرا تاکنون مجموعه‌ای از شعرها و رمان‌ها در ایران و در سطح بین‌المللی منتشر شده است؛ آثاری که در کشورهایی چون انگلستان، برزیل، سوئد و نروژ به چاپ رسیده‌اند. ازجمله تجربه‌های برجستهٔ او، انتشار کتاب شعر-نقاشی Alma das Mulheres با همکاری نقاش برزیلی ساندرو براگا و رمان «گنبدهای قرمز دوست‌داشتنی» به دو زبان فارسی و انگلیسی (Red Persian Domes) است که در انگلستان منتشر شده‌اند. آثار او در نشریات معتبر داخلی و بین‌المللی معرفی و مورد توجه قرار گرفته‌اند.

صحرا صاحب‌امتیاز و سردبیر فصلنامهٔ بین‌المللی ماه‌گرفتگی است و مدیریت خانهٔ جهانی ماه‌گرفتگان را بر عهده دارد. همچنین در زمینهٔ فیلم کوتاه، نمایش، تولید پادکست‌های هنری و ادبی و نگارش مقالات علمی فعالیت داشته و دارد.

با توجه به عدم دسترسی به نویسنده و شاید بهتر است بگوییم سیال‌شدن عضوهای بدن نویسنده، تنها دست راست باقی‌ماندهٔ ایشان نیز جهت نوشتن مقدمه پیدا نشد، بنابراین این رمان مقدمه‌ای ندارد.

تیتـراژ آغـاز: روح بلند پیشـوای مسـلمانان، بگو بگـو، تو می‌تونی، و رهبر آزادگان جهان، کجـا ببرمـت وسـط این مصیبـت؟ حضرت امـام خمینی، تـو می‌تونـی، هرچی مـن می‌گم تکرار کـن، به ملکوت اعلی پیوسـت، بگو بگو، تـو می‌تونی...

بدن‌های بازیگرنما:

زن با قطعات گم‌شده

زن پشت میز

زن کچل

زن دوطبقه

دخترک

در یـک روز معمولـی، یـک نفـر جنسـیت مـرا دزدید. بـا همـان لباس‌ها و موهای ژولیده، خودم را از تخت بیرون کشیدم و طبق عادت همیشگی‌ام کـه از آینـه فرار می‌کنـم، از تـوی اتاق‌خواب، باز هم طبق عادت همیشگی کـه روی تنم احسـاس کثیفی بسـیار دارم، خودم را تـوی حمام پرت کردم. چشـم‌هایم هنوز درسـت باز نشـده بودند. لباس‌هایم را کنـدم و آن‌ها را از داخـل حمام تـوی پذیرایی انداختم. شـیر دوش را باز کـردم، آب هنوز گرم نشـده بود، اما حوصلهٔ صبرکردن نداشـتم و طبق عادت همیشگی که اول بـا لیـف آغشـته‌به‌صابون طوری کـه کـف از حلق لیف بیرون بزنـد و بتواند آن کثیفـی مرمـوز را پـاک کند، با همـان چشـم‌های نیمه‌باز افتـادم به جان بدنـم، امـا هیچ‌چیـز نبود، یـک برهوت واقعی شـده بـودم که تنها پوسـتی روی آن کشیده شده است.

پسـتان‌هایم قطع نشـده بودنـد؛ فقط نبودنـد، رفته بودنـد و حتی جای واژنـم کـه مـرا اول به مـادرم و بعد بـه جامعهٔ مـردان و بعدتر بـه جامعه‌ای کـه بایـد بـرای حفظ بکارتـش تلاش می‌کـردم، زن معرفی کـرده بود، خالی بـود، فقط یـک سـوراخ درسـت وسـط پاهایـم مانده بـود. عجیب‌تر اینکه

حتی ردی از پستان‌هایم هم نمانده بود تا مثلاً برای اینکه ادعایم را ثابت کنم، با نشان‌دادن آن بتوانم حضور پستان‌هایی را که در چهل سال زندگی‌ام همراهم بوده‌اند نشان دهم، اما آن‌ها جوری نبودند، که انگار هیچ‌وقت نبوده‌اند، و آن سوراخ که جای واژنم را گرفته، احتمالاً می‌بایست برای خروج ضایعات بدنم، از سوی کسی که این‌ها را دزدیده است کار گذاشته شده باشد، مخصوصاً من که کودکی‌هایم خیس بود از شب‌ادراری‌های مکرر؛ خصوصیتی که در بزرگسالی تبدیل به رفتن مکرر به توالت شد، آن هم از ترس اینکه رختخواب‌های خیس کودکی به بزرگسالی‌ام منتقل نشود. بیشتر اوقات توی توالت مثانه‌ام را چک می‌کنم؛ احتمالاً او که داشته این قطعات را با خود می‌برده، این سوراخ را از روی شناخت تاریخچه‌ام روی بدنم تعبیه کرده، چون روی سوراخش کار شده؛ همین‌طوری یک سوراخ الکی نیست، دورِ سوراخ روی پوستش یک حلقۀ قرمز طراحی شده است. دقیق نمی‌دانم علتش چیست، اما می‌دانم این سوراخ یا برای او که واژنم را دزدیده، مهم بوده یا می‌خواسته به بخش‌های مختلف برهوتی که ساخته بود، اعلام کند که این سوراخ را دستِ کم نگیرند.

همین‌طوری زیر دوش زل می‌زنیم به هم؛ خودم و سوراخ را می‌گویم، و در همان ثانیه دست‌هایم ناخودآگاه دنبال پستان‌هایم می‌گردد؛ هیچ ردی نیست، حتی نوک بزرگش که یک امتیاز محسوب می‌شود. همه را با خود برده، البته نمی‌دانم شاید هم خودشان رفته‌اند.

بخار شدیدی حمام را گرفته و خودم را از سوزانی داغیِ شدید آب که یادم رفته بود روی دمای مشخصی تنظیمش کنم، بیرون کشیدم. آن‌قدر شعور ندارد که در این وضعیت، خودش دما را تنظیم کند، گویی این هم می‌خواهد یک برهوت سرخ با سهل‌انگاری‌اش تحویلم

بدهد؛ انگار اصلاً متوجه نیست که چه اتفاقی افتاده و خیال می‌کند باید مثل هر روز خودم را زیرش با آب و صابون بشویم و حسابی پوستم را از کثیفی مرموزی که سال‌هاست زیر آن منتشر می‌شود، رهایی دهم. البته این سابیدن نوعی مسکن روزانه برای خلاصی از چرکی است که دقیقاً نمی‌دانم از کدام سوراخ به بدنم سرایت کرده، گمان کنم این یک چرک موروثی باشد که نسل به نسل از ژن‌های اجدادم به من رسیده است، اما این را می‌دانید که محیط در جهش ژن‌ها بسیار مؤثر است، مخصوصاً اگر آن محیط با سوراخ‌های بی‌شماری تزئین شده باشد. بالاخره یک‌جور کنترل همه‌جانبه برای رشد لازم است و در آن میان طبیعی‌ست که آن چشم‌های عفونی‌ای که از شکاف‌ها به موشکافی‌ام مشغول بوده‌اند، ژن‌هایم را به جهش تشویق کرده باشند، اما این کثیفیِ مرموز اصلاً حواسش نیست که فاجعه‌های بزرگ‌تر فاجعه‌های کوچک‌تر را می‌بلعند. راستش را بخواهید، دلم برایش می‌سوزد، دیگر آن توجه قبلی را در میان لشکر تروماهایم نخواهد داشت، فعلاً تا اطلاع ثانوی باید دنبال قطعاتم بگردم و سر جایشان برگردانم؛ شاید روزی به آن کثیفی مرموز برگشتم.

باید احتمالش را بدهم که شاید قطعاتم پیدا نشوند یا دلشان نخواهد برگردند یا اصلاً آن کسی که آن‌ها را دزدیده، جایی مثلاً توی ناصرخسرو توی بازار سیاه بفروشدشان. شاید هم جایی دفنشان کند، نمی‌دانم احتمال دارد کینه‌ای قدیمی از این قطعات داشته باشد، شاید از همان‌هایی باشد که آیکون‌های زنانه‌ام را حق مسلم خود می‌دانست، البته من از آن‌ها نیستم که کلاً این آیکون‌ها را حق مسلم خودم بدانم، فقط خیلی طبیعی است وقتی روی بدن من روییده‌اند، نمی‌توانم آن بخش‌ها را به‌صورت جداگانه حق مسلم آن‌ها بدانم. اصلاً نکند همین

اعتقـادم به اینکه «کاش می‌شـد ایـن بخش‌ها را موقعی کـه دیگران چه زن و چـه مرد به آن احتیـاج دارند، از تنم جدا کنم، برای چند روزی دستشـان باشـد و بعـد برگرداننـد» موجـب دزدیده‌شدنشـان شـده باشـد، نـه اینکه علاقـۀ خاصی به آن‌ها داشـته باشـم، نـه اصلاً... فقط برای این اسـت کـه بالاخـره بایـد یـک زن یـا یـک مـرد باشـی. نمی‌توانی بـدون قطعاتت تـوی جامعـه بـرای خودت به‌مـدت طولانی راه بـروی و لوازم زنانـه و مردانه‌ات دسـت این و آن باشد.

روی درگاه در حمـام ایستاده‌ام و به لباس‌هایم که وسـط پذیرایی روی زمیـن افتاده‌انـد، نـگاه می‌کنم؛ آن یکـی طوری خود را دراز کـرده که طرح ولوشـدنش شـبیه لبخندی شـده، البته بهتر اسـت بگویم نیشـخندی، تاپم را می‌گویـم کـه همیـن چند دقیقـه پیش از تـوی حمـام پرتابش کـردم، فکر می‌کنـم با این ژسـتی که گرفته اسـت جریان را می‌دانـد، نمی‌داند می‌توانم همیـن الان بـا قیچـی سـرتاپای نیشـخندش را جروواجِر کنـم، امـا دلـم بـرای او هـم می‌سـوزد چون خبـر نـدارد دیگر بـه درد این بدن زیـر خط فقر نمی‌خورد و حتی آن توجه و پرتاب روزانه هم دیگر نصیبش نخواهد شـد؛ بالاخره قطعات زنانه و مردانه جزو سـرمایه‌های فرهنگی جامعه محسـوب می‌شـوند، آن هـم بدن‌هـای بیرون‌پریـده از واژن‌هـای خاورمیانـه‌ای کـه سـال‌ها بـا نگهبانانی شـبانه‌روزی مواجه بوده‌انـد تا نکند قبـل از هر ورود قانونـی‌ای، پرده‌هایشـان به‌صـورت غیرقانونی پاره‌پوره شـود.

مـن کسـی را می‌شناسـم کـه هنـوز در پرونـدۀ افتخاراتـش برگـه‌ای بـا امضای رسـمی سـردفترداری وجود دارد. کسـی کـه فکر می‌کنم تابه‌حال بایـد بـا تمـام دم‌ودستگاهش بـه طبیعت بازگشـته باشـد، و برگـه‌ای کـه ثابـت می‌کنـد به‌هیچ‌وجـه واژنـش ورود غیرقانونی نداشـته اسـت و این را همیشـه به من نشـان می‌داد، طوری‌که خیـال می‌کردم نکنـد من ورودهای

غیرقانونـی زیـادی داشـته‌ام یا حداقـل او فکـر می‌کرد که داشـته‌ام. از کنارشـان می‌گـذرم، حتی حوصلـه نـدارم از روی زمین بردارمشـان، حتـی حوصلـهٔ اینکـه بـه نیشخندشـان پایـان دهـم، شـلوارک و تاپـم را می‌گویـم. بـه‌سـمت اتاق‌خوابی می‌روم که سال‌هاسـت با تختی یک‌نفره روی پای خودش ایسـتاده اسـت، در کل این تخت به خودکفایی رسـیده؛ بالاخره تختی‌سـت که در خاورمیانه متولد شـده و کلاً خاورمیانه همیشـه جایـی بـرای گونهٔ بشـر آن هم تنهـا، برای رسـیدن بـه خودکفایی اسـت. احسـاس می‌کنـم نـگاه کسـی روی صورتـم سـنگینی می‌کند، شـاید آن دزد هنـوز تـوی خانه اسـت، هرچنـد بعید می‌دانـم. باید رد این سـنگینی را بگیـرم، سـرم را آرام می‌چرخانـم، سـایه‌ای زمخـت کـه خـودش را بـه بی‌شـکلی زده اسـت امـا زمختـی‌اش را نمی‌توانـد پنهـان کنـد، دور آینـه می‌چرخـد و ناگهـان بلعیده می‌شـود. لعنت بـه این آینه! چرا بـرای اینکه توجهـی از مـن بگیـرد، آن سـایه را می‌بلعـد؛ سـایه‌ای که ممکن بـود مرا بـه قطعه‌هایـم برسـاند. این وسـط چـرا همـه توجـه می‌خواهنـد، آینه که می‌دانـد در پرونـدهٔ اهمیت‌هایـم جـزو گزینه‌های آخر اسـت، امـا این‌بار حتمـاً حرفـی دارد کـه بـرای گفتنش آن سـایه را یـک لقمه کـرد و انداخت بـالا، چون او سـال‌هاسـت بـه بی‌توجهی‌ام عادت کرده اسـت. از سـمت کمـد بـه‌سـوی او مـی‌روم، روبه‌رویـش می‌ایسـتم. صحنـه وحشـتناک اسـت؛ نمی‌دانم شـاید کلمهٔ وحشـتناک برای این تصویر که آینـه آن را به بدنم یادآوری می‌کند، واژهٔ درسـتی نباشـد؛ سـایه‌روشنی روی بدنم افتاده اسـت و آن هـم محصـول ترکیـب پـردهٔ مخملـی و کلفت اتاقم اسـت که روزهـا خورشـید به‌زور از میانه‌اش عبور می‌کند. حالا ترکیبشـان را با هم آن هـم جلـوی آینه بـه رخـم می‌کشـند، اصلاً نمی‌فهمند الان وقـت ابراز وجود نیسـت، نمی‌توانند با چاپلوسـی‌ها سـرم شـیره بمالنـد، همین الان

این آینهٔ خودخواه تنها مدرک موجود را قورت داد. آینه را برمی‌گردانم و حسابی به پشتش می‌کوبم شاید بفهمد که اجازهٔ بلعیدن هرچیز بی‌شکلی را که روبه‌رویش قرار می‌گیرد، ندارد، هیچ چیزی از گلویش بیرون نمی‌زند. اصلاً امکان ندارد در همین چند ثانیه آن را هضم کرده باشد، آن هم چیزی به آن زمختی. نکند تخیلم آن ترکیب سایه‌روشن را اشتباهی جای دزد گرفته است، چون کلاً عادت به جایگزینی‌های این چنینی دارد، مثلاً وقتی مجبورش می‌کنم روی تخت یک‌نفره بخوابد، جوری تنم را با تمام قطعاتش باز می‌کند که انگار تخت دونفره است و تنها با پرت‌شدنم روی پارکت اتاق خواب خودش را از خجالت به خواب می‌زند. بله، این‌بار هم کار اوست، و اِلّا باید از دهان آینه بیرون می‌زد با این مشت‌هایی که به کمرش زدم. ببین هنوز هم می‌خواهند اثر هنری‌شان را در این وضعیت توی چشم‌هایم فرو کنند، کم‌کم دارد از این همه مهرطلبی حالم به هم می‌خورد. در این وضعیت، من بیشتر از همه‌شان به توجه نیاز دارم، شاید هم این ترکیب را برای توجه روی بدنم انداخته‌اند. خلاصه، بهتر است بگویم تصویری که آینه به من نشان می‌دهد «یک ترکیب اکسپرسیونیستی است که تودهانی محکمی به بخش اگزیستانسیالیست بدنم زده است، احتمالاً آن دزد باید علاقهٔ ویژه‌ای به ابزورد داشته باشد، چون همین‌که از روبه‌روی آینه کنار بروم، تبدیل به ابزورد می‌شوم»، این تکه را نمی‌دانم کدامشان ـ نور ـ پرده یا آینه ـ گذاشتند روی زبانم تا برایتان بگویم؛ مثلاً می‌خواهند سوادشان را به رخ بکشند، خبر ندارند هوش مصنوعی اجازه نمی‌دهد دیگر کسی بی‌سواد باشد و می‌تواند حتی سبْک و ژانرهای نیامده را هم بسیار حرفه‌ای پیش‌بینی کند. من که نمی‌توانم همیشه آینه را با این پردهٔ کلفت و نور سرتق با خودم همه‌جا ببرم و سوادشان را بکوبم روی

سر دیگر اشیا. نگاهم به سوراخی می‌افتد که درست به‌اندازهٔ چهار انگشت از نافم فاصله دارد. شبیه دیواری شده‌ام که وقتی میخی در آن فرو می‌رود و آن را ترک می‌گوید، می‌گذارد دیوار با خاطره‌اش به بقای خود ادامه دهد، آن هم فقط با یک سوراخ. البته اگر بخواهم کلاس بدنم را بالا ببرم، به یک ماشین صنعتی هم می‌توانم شباهتش بدهم، مثلاً اگر بگویم کُلمن، قطعاً چیز جالبی نیست؛ بالاخره درست است که بدنم دیگر چیزی برای ارائه به جامعهٔ بدن‌جویان ندارد، اما بالاخره روزی برای خودش بدنی مستقل با تمام امکانات بوده است، پس لطفاً بگذارید حداقل این حق را داشته باشم به چیزی بهتر در جامعهٔ بشری و مدرن امروز تشبیهش کنم؛ تشبیه به ماشین صنعتی‌ای که مثلاً از دهانش به‌عنوان ورودی مواد اولیه‌ای را وارد می‌کنند و او به‌وسیلهٔ قطعات داخلی‌اش آن را هضم می‌کند، آن‌ها را تبدیل می‌کند و درست است که نمی‌تواند محصولی برای استفاده در ویترین‌ها ارائه بدهد، اما می‌تواند تصفیه‌شده‌ها را در خودش نگه دارد و ضایعاتی را بیرون بدهد که بازیافت شوند و تبدیل به سوخت و انرژی شوند، مخصوصاً با این وضعیت که خاموشی یکی از اعضای جدید تمام خانه‌ها شده است، شاید حداقل بتواند چند ساعتی تبلت کودکی را که از تمام دنیا یک باب‌اسفنجی برای کودکی‌هایش دارد، شارژ کند.

نمی‌دانم چرا همین‌طور مثل ابله‌ها جلوی این آینهٔ خودخواه ایستاده‌ام. خب، اگر چیزی برای بالا آوردن ندارد، چرا سر کارم گذاشته است. من می‌دانم او فقط می‌خواهد عقده‌گشایی کند و این دزدی بزرگ، و شاید بهتر است کمی زیباترش کنم، این فقدان را توی چشم‌هایم فرو کند. با مردمک‌هایم توی آینه از روی بدنم عبور می‌کنم؛ چقدر پستان‌ها لوازم مهمی بودند. الان که نیستند، بیشتر متوجه می‌شوم که نبودنشان

تا چه حد می‌تواند تصویری مضحک از بدنم نشان دهد؛ یک سطح بدون هیچ برآمدگی... کاش حداقل آن دزد لعنتی دو تا نوک کم‌رنگ باقی می‌گذاشت تا حداقل شبیه تصویر مانکن‌های بدون برجستگی در ویترین‌هایی که حجاب غریزی را رعایت می‌کنند نباشم؛ سطحی صاف و هموار شبیه دیواری که روی آن پوستی کشیده باشند. اصلاً نمی‌دانم تا جمعه چگونه جایگزینی پیدا کنم. به مهمانی درهمی که هر چند وقت یک‌بار برای هر بدنی به‌صورت نسخه پیچیده می‌شود، دعوتم. نمی‌دانم چگونه و با چه لباس و تمهیداتی بروم تا کسی از این دزدی باخبر نشود. اگر آن شخص با آن برگهٔ افتخاراتش الان روبه‌رویم بود، همان‌که مطمئن بود ورودی‌های غیرقانونی بی‌شماری داشته‌ام، می‌گفت:

مگه قراره لخت بشی که کسی بفهمه؟

و من هم برای اینکه بیشتر به آن برگه‌اش افتخار کند و به اطمینانش بیفزایم، می‌گفتم:

خدا را چه دیدی، شاید یک ورود قانونی هم نصیب من شد....

مداد مشکی‌ای را که معمولاً برای چشم‌هایم از آن استفاده می‌کردم برمی‌دارم، احساس می‌کنم تمام اشیاء خانه از این پس می‌خواهند خیلی باسواد و باکلاس اگزیستانس متفاوتی داشته باشند، مثلاً همین مداد چشم می‌تواند دو عدد نوک پستان به‌صورت موقت روی بدنم ایجاد کند. شاید هم مجبور شدم یک پستان با تاتو روی سینه‌ام حک کنم، البته برای بدنی که زیر خط فقر است، تاتو نوعی طرح لوکس زیبایی محسوب می‌شود. مداد را برمی‌دارم و تصویر نوک پستان‌هایم را تخیل می‌کنم. لعنت به من که حتی در تخیلشان هم مشکل دارم، از بس بسیار کم به آن‌ها نگاه کرده بودم و هر وقت آن‌ها می‌خواستند خودشان را ببینند، چه در آینه و چه در چشم‌های کسی که اصلاً دوست

نداشتم آن‌ها را ببیند، بارها از ترس من پنهان شده بودند. خلاصه چیزی شبیه به پستانی مه‌آلود را که تنها سرمایهٔ آن‌ها در تخیلم بود، روی سینه‌ام می‌کشم؛ دو دایره با یک نقطه‌ای بزرگ در مرکز آن‌ها، البته با انگشتانم کمی هم از پررنگی مرکزش به اطراف دایره به‌صورت سایه پخش می‌کنم که طبیعی‌تر جلوه کند. نمی‌دانم چرا پس از کشیدن این پستانِ مدادی، سرم را از جلوی آینه کشیدم به‌سمت همان تاپ تا نیشخند دیگری به من بزنند؛ نوعی مازوخیست ژنتیکی همیشه با من است. حتی شب‌ادراری‌هایم هم گمان کنم برای این بود که هر روز مادرم را به تحقیرم دعوت کنم. تنها با بزرگ‌شدنم تحقیرها را درونی‌تر کردم و آن‌ها را به‌صورت خصوصی فقط در گوش خودم می‌گفتم تا این مشاورها که از رگ هر اختلال به آدم نزدیک‌ترند، آدم را همین‌طور مفتی راهی امین‌آباد نکنند.

فکر می‌کنم تا اینجای زندگی تا این حد روبه‌روی آینه نایستاده بودم، فکر می‌کنم یک حال اساسی به آینه داده‌ام، شاید هم ضدِحال باشد. تصویر یک ماشین سوراخ‌دار به درد هیچ آینه‌ای نمی‌خورد. باید زودتر لباس‌هایم را بپوشم و دنبال این قطعه‌ها بگردم، انگار خیلی جدی نگرفته‌ام. در کل هیچ‌وقت بدنم را جدی نگرفتم و آن‌قدر توی تخیلم فوت می‌کردم تا باد شود و یک بخش جدای مه‌آلود ایجاد کند تا بدنم در آن محو شود، اما انگار این شوخی تمام شده و بدنم دارد خودش را به رخم می‌کشد تا راهزنش را پیدا کنم. البته علاقه‌ای به پیداکردنش ندارم اما مجبورم؛ شناسنامه‌ام می‌گوید زنی هستم که روی چهل‌سالگی ایستاده است، حالا آن‌قدرها شناسنامه مهم نیست، مهم این شکل مشمئزکنندهٔ ماشین‌وار است؛ این سوراخ احمقانه و برجستگی‌هایی که همیشه آن‌ها را پنهان می‌کردم، اما همان پنهان‌کردنشان به من می‌گفت

زنـی هسـتم در خاورمیانه، امـا حـالا بـه هیچ‌کجای ایـن کرهٔ زمیـن تعلق نـدارم، حتـی حیوانـات هـم در گونه‌هـای خاصـی طبقه‌بندی می‌شـوند، حتـی شـبیه همین گلدان که کنـار میز توالت جلوی نور اکسپرسیونیسـتی این اتاق دارد جان می‌دهد، هم نیسـتم. نگذارید دوباره آن تشـبیه مسـخره یـادم بیاید؛ همـان کلمن، از میان این اشـیاء به این زیبایی، اینکه شباهتم به کلمـن نزدیک‌تر شـود، یک فاجعه اسـت.

حتـی همین الان که دارم می‌نویسـم، احسـاس دوبینـی دارم؛ یک کلمن دارد بـا یک تی‌شـرت گشـاد قرمز و یک شـلوار جین و شـالی که بـرای مواقع احتیاط دور گردنش شـبیه طناب دار پیچیده اسـت، از خانه خارج می‌شـود. نگاهـم بـه گلدانی می‌افتـد که کنار میـز توالت آخریـن ثانیه‌هـای بقای خود را طـی می‌کنـد و بـه تی‌شـرت قرمـزی کـه از گشـادی انـگار او مرا پوشـیده اسـت، نه من او را... لباس‌های گشـاد را دوسـت دارم چون همیشـه جاهای خالـی بـدن را طـوری پر می‌کنند که یادت برود سـال‌های بسـیاری از خودت خالی‌تـر شـده‌ای و تکه‌تکـهٔ بدنت را بـه حراج‌های اجباری سـپرده‌ای.

در کوچـه‌ام، نـگاه آن مـرد را نمی‌فهمـم؛ طـوری خیره شـده اسـت کـه انـگار خیلی زن هسـتم، شـاید قطعاتم برگشـته‌اند. نگاهـش را به فال نیک می‌گیـرم و دسـتم را به‌سـمت سینه‌هایم می‌بـرم. سـوراخ را کـه نمی‌توانم تـوی خیابـان چک کنـم؛ زیـر انگشـتانم هیچ‌چیزی نمی‌آید جـز گرمای سـوزانی کـه حرارتش از زیر تی‌شـرت قرمز شـبیه شـعله‌ای سـرکش بیرون می‌زنـد. پس آن مـرد دقیقاً به چـه چیزی نگاه می‌کند؟ شـاید نبودنشان را فهمیده اسـت و می‌خواهد در پیداکردنشـان با من شـریک شـود و بعد بتوانـد آن‌ها را بـرای مدتی از من اجاره کند. من یک زن خاورمیانه‌ای‌ام و او هـم یک مـرد خاورمیانه‌ای، ما زبان هم را بسـیار خوب می‌فهمیم، حتی زبـان نگاه‌هـای هـم را.

همیشـه همین‌قـدر احمـق اسـت؛ به‌جـای اینکـه دنبـال مقصـود اصلی بـرود، جلـوی آن مرد ایسـتاده و نمی‌گـذارد او خیرگی‌اش را بـردارد و بـرود، و مـدام دارد بـا انگشـت‌های درازش سـینه‌هایش را چک می‌کند و نمی‌گذارد نوشـته‌هایم پیش بـرود. همیشـه بـا همیـن قفل‌شـدن‌ها روی چهل‌سـالگی نگهـم داشـته اسـت و نمی‌گذارد این قلم کار خودش را بکنـد، سـرعت بگیـرد، پیـش بـرود و از منتقدی کـه شـبیه همـان تاپ همـان پذیرایی افتاده اسـت و بـه این نوشـته نیش‌خند می‌زنـد، عبور کرده و تعـداد لغـات وُرد را که اکنون ۲۴۵۱ لغت شـده اسـت، بـا چند سـکانسـی که دقیقاً نمی‌دانم چیسـت و تنها در لحظۀ وقـوع قابل‌شناسـایی اسـت، به لغت‌هـای بی‌شـماری تبدیل کند.

اصلاً چرا از خانه خارج شـدم! من که دقیقاً نمی‌دانم چه اتفاقی افتاده اسـت، بایـد پیش از خارج‌شـدن یک مقصـد احتمالی را تعییـن می‌کردم. همه‌اش کار اوسـت که پشـت میز نشسـته اسـت و فقط فکر رمانی اسـت که در آن بتوانـد مـرا بـه همه لو بدهد. اصلاً یادش نیسـت چگونـه از آن یکی رمانـش در رفتـم؛ همـان که اسـمش را «ایکس مسـاوی ایگرگ» گذاشـته بـود و کلـی هم پیش رفته بـود، امـا آن‌قدر تـوی آن رمان دچـار ابهامش کـردم که خـودش سـرگیجه‌اش گرفت و حتی بـا فریبا درد دل‌های زیادی کـرد. فریبـا را می‌شناسـید، اما مـن او را در قلـب رمان‌هایش می‌شناسـم. نمی‌دانـم دوبـاره چه چیزهایی از تـوی درد دل‌هایش از او شـنیده اسـت که دوبـاره بـه من گیـر داده و این‌بار هر جا که دوسـت دارد، بدون هیـچ مقصدی مرا بفرسـتد تا یـک پاراگراف جلوتر بـرود. اصلاً هم متوجه نیسـت که من حتی یک هزارتومانی توی جیبم نیسـت و اصلاً تورم شـدید را در نظـر نمی‌آورد و اصلاً هـم نمی‌داند حتی اعتبار اسنپ هـم ندارم تا حداقـل خـودم را بـه جایـی برسـانم تا چند سـاعتی رهایـم کند، امـا به‌هر حـال دردهای مشـترک گاهی باعث می‌شـود به حرف‌هایـش گوش بدهم.

او نمی‌تواند دنبال قطعاتم بگردد، چون سال‌هاست پشت آن میز زندانی است، به‌دلیلی که هیچ‌وقت نفهمیدم و حتی توی تخیلش هم خودش را لو نمی‌دهد. به‌هر حال درمان دردهای مشترکمان شاید بتواند مرا از این هیکلِ کلمنی نجات بدهد، و او را هم از پشت میز آزاد کند.

کلید را در قفل می‌چرخاند و وارد آپارتمان می‌شود، یک‌جورهایی نمی‌توانم توی چشم‌هایش نگاه کنم. او را ظهر توی آفتاب سوزان بدون هیچ پولی بیرون فرستاده‌ام، بدون آنکه مقصد بعدی را برایش مشخص کنم. پشت میز خودم را جمع‌وجور می‌کنم و پشت لپ‌تاپ خودم را پنهان می‌کنم. بهتر است خودش برای رفتنش تصمیم بگیرد، اصلاً شاید او بهتر بداند که دقیقاً چه اتفاقی افتاده است.

روی تخت ولو می‌شوم؛ همان تخت یک‌نفره که خیلی بیشتر از این گلدان کنار میز توالت به آن آب دادم، حتی با وضعیت قطعی مکرر آب، تا شاید بزرگ شود، قد بکشد و بتواند برای یک نفر دیگر، حالا با هر شکل و شمایل و طبقه و تحصیلاتی جا باز کند، اما انگار روی یک عقربهٔ مشخص گیر کرده است؛ این تخت را می‌گویم، تنها تغییری که به آن تن داده، لباسش بوده است، البته آن هم فقط به لباس‌هایی با رنگ تیره، نهایت برون‌گرایی‌اش رنگ‌های سُرمه‌ای و سبز بوده‌اند. باید خودم را به قبل از این دزدی پرتاب کنم، زمان را عقب بکشم؛ می‌گویند همیشه قاتل به صحنهٔ جرم بازمی‌گردد و این می‌تواند برای دزد هم صادق باشد، احتمالاً دزد را می‌توان لای عقربه‌هایی که گذشته‌اند، پیدا کرد.

شب-داخلی-آشپزخانه

(زنی کچل حدود چهل سال با تی‌شرتی قرمز و شلوارک روبه‌روی گاز ایستاده است. شعلهٔ گاز روشن است، اما هیچ ظرفی روی آن نیست، او دست‌هایش را روی شعله گرفته است و هرازگاهی آن‌ها را روی شعله بالا و پایین می‌برد، گاهی با یک دستش روی سرش که هیچ مویی ندارد، دست می‌کشد و هرازگاهی با خودش حرف می‌زند.)

زن کچل: اصلاً این چیزی رو که می‌گی، نمی‌شه انجامش بدم.

(سکوتی میان جملات زن ایجاد می‌شود. گویی با کسی که صدا و تصویری از او دیده نمی‌شود، در دیالوگ است.)

زن کچل: یعنی تو می‌گی همینی که هستم، باشم؟ آخه تو می‌دونستی اگه همینی که هستم باشم، هیچ‌کس حتی نمی‌خواد ریختم رو ببینه؟

(صدای قهقههٔ زن)

زن کچل: فکر کن با این سر کچل و این تی‌شرت قرمز که چهار برابر خودمه و حتی نمی‌تونم یک‌بار از تنم درش بیارم، چه‌جوری می‌تونم خودم باشم؟ مگه ندیدی خودت؟ توی حموم هم از تنم در نمیاد؛ باهام میاد.

(زن فریادی با عصبانیت می‌زند.)

زن کچل: نفهم! بفهم چی می‌گم! اون تاپی که می‌گی تنم دیدی که خودم نیستم. تازه اون موهایی هم که تو می‌گی و بقیه می‌گن، اصلاً موهای خودم نیست. فقط من خوب یاد گرفتم چه‌جوری رنگش کنم و جای اصل جا بزنم... مگه بهت نگفته بودم یکی یکی موهام زیر دست‌های اون ریخت؟ اصلاً فکر نکنی آدم بدی بود، نه اصلاً، اتفاقاً تار به تار زیر نوازش دستاش ریختن. موهام به نوازش حساسیت دارن، مخصوصاً به نوازش دست‌هایی که شبیه دست‌های پدرم بود.

چرا این زن اینجا، آن هم وسط آشپزخانه‌ای که متعلق به آپارتمان من است، داد و فریاد راه انداخته است؟ اصلاً چه کسی او را به اینجا راه داده و خیلی راحت با تی‌شرت قرمز من برای خودش جولان می‌دهد؟ موهایش را هم شبیه سرطانی‌ها زده که مثلاً دلم برایش بسوزد؟ شک ندارم باید کار آن کسی باشد که پشت میز زندانی است. بابا یک نفر بیاید او را نجات بدهد شاید دست از سر من بردارد و هر غریبه‌ای را وارد خانه‌ام نکند. همین چند دقیقه پیش من را توی گرمای سوزان راهی جایی کرد که خودش هم نمی‌دانست کجاست، کاش حداقل از هوش مصنوعی کمک بگیرد و این ذهن آشفته‌اش را نظم دهد که هر کجا که قلمش می‌خواهد، مرا با این قطعات گم‌شده و این‌همه درگیری میان سکانس‌های مختلف پاس‌کاری نکند. باید به این زن کچل بگویم اینجا خانهٔ من است و حتی به او بگویم آن دست‌های بیچاره را از روی شعله بردارد. اصلاً حواسش نیست که بوی گوشت پخته تمام خانه را گرفته است. یعنی خودش حواسش نیست که دارد می‌سوزد؟

ولی بخشی از حرف‌هایش بودار بود: «موهام به نوازش حساسیت دارن، مخصوصاً به نوازش دست‌هایی که شبیه دست‌های پدرم بود»، یک‌جورهایی حس می‌کنم می‌خواهد کنایه‌ای عمیق و تصویری به

بخشـی از تنـم بزنـد که چند سالی توی زیرزمین سعی می‌کرد خـود را به دو طبقه تقسیـم کند؛ بدنم را می‌گویم، از سـر تا انتهای کمر طبق تفکیکی کـه بـا هـم به توافق رسیـده بودیم، طبقهٔ اول بـود و از کمر تا نـوک پا طبقهٔ دوم. روزهـا در طبقهٔ اول، او یـک پـدر تمام و کمال بود و مـن یک دختر از همان‌هـا کـه هیـچ آفتـاب و مهتابـی سراغشان را نمی‌گرفـت و کلاً در هـوای ابری نفس می‌کشید، و شب‌ها او مالک کامل طبقهٔ دوم می‌شـد. البتـه کل آن دو طبقـه در یـک زیرزمین قرار داشـت، بدون هیـچ پنجره‌ای، و بعیـد می‌دانم کسـی حتی می‌دانسـت دو موجود تقریباً زنده آن پایین‌ها دارنـد نفس می‌کشند. قطعاً این کچـل نمی‌توانسـته ما را دیده باشـد. نه اینکـه خودمان را از چشـم‌ها پنهان کنیـم، کلاً چشـم‌ها سـعی می‌کردند خودشـان را بـه ندیـدن بزننـد تـا مـا راحت‌تـر آن پایین‌هـا نفس‌هایمـان را بشـماریم. اصلاً نمی‌فهمـم چرا باید او که پشـت میز نشسـته، مـرا در این وضعیت مجبـور کند دنبال قطعاتم بگـردم، و مجبور کنـد از او بگویم که دسـت‌هایش شـبیه دسـت‌های پدرم بـود و نوازش‌هـای شـبانه‌اش باعث شـد تمام موهایم تاربه‌تار چمدان ببندنـد و از روی جمجمه‌ام بروند. البته ما در طبقهٔ اول بسیار خوشـبخت بودیم و طبقهٔ دوم فقط برای این بود که خوشـبختی دلمـان را نزند و قدر طبقهٔ اول را بدانیم؛ بالاخره چند سـاعت پدرداشـتن خودش خوشـبختی اسـت، بماند بعدها کلاً طبقهٔ اول و دوم افتـاد در طـرح بازسـازی‌هایی که معمـولاً نیمه‌کاره رها می‌شـوند.

شب-داخلی-طبقهٔ دوم در زیرزمین

(زنِ دوطبقه با قطعات کاملش روی تختی یک‌نفره در طبقهٔ دوم دراز کشیده است. پدرش از طبقهٔ اول وارد طبقهٔ دوم می‌شود و خودش را روی بدن او جا می‌دهد، طوری‌که زن، تخت یک‌نفرهٔ پدری می‌شود که حالا مردی وظیفه‌شناس است. دختر سعی می‌کند به تمکینی که مفادش را پدر روزها در گوش‌هایش یادآوری می‌کرد، تن فرا دهد تا ثابت کند دختر خوبی است؛ از آن دخترها که لیاقت پدر را دارند، حتی برای چند ساعت.)

خودم می‌دانم که نباید در پرانتز توصیف سکانس روایت طبقات را بگویم، اما او که پشت میز نشسته نفسش از جای گرم بلند می‌شود. من فقط در پرانتز می‌توانم شبیه دوربین سکانسی را به تصویر بکشم که نمی‌دانم در این مقطع چرا از من می‌خواهد روایتش کنم و اصلاً هم برایم مهم نیست که از لحاظ تکنیکی گند بزنم به ساختار تمایلات خودخواهانهٔ او که پشت میز نشسته است. البته راستش را بخواهید بدم نمی‌آید از او بنویسم، چون شاید این سکانس خیراتی باشد برای روحش.

(پـدری که بسـیار مرد شـده اسـت، در طبقـهٔ دوم روی تخـت یک‌نفره تلاش می‌کنـد تا دختر، که حالا زنی کامل اسـت، تمـام واحدهای تمکین را موبه‌مـو اجرا کنـد، حتـی اگـر کل تخـت از خـون لبریز شـود. بالاخره یادآوری خاطرات طبقهٔ اول آن هم در طبقهٔ دوم، هر چشـمی را به چکیدن خـون ترغیب می‌کند؛ اشـک برای چشـم‌هایی اسـت که کل عمرشان را در پر قو پلـک زده‌اند.)

روز-داخلی-طبقهٔ اول در زیرزمین

(مـرد کـه پـدری نمونـه در طبقهٔ اول اسـت، با یک فنجـان چای بـه دختر نزدیک می‌شـود.)

پدر: پاشو چای آوردم صبح شده، تا کی می‌خوای بخوابی؟

(زنِ دوطبقه تلاش می‌کنـد دختـرش را از میـان پاره‌پوره‌هـای زنـش در طبقـهٔ دوم بیـرون بکشـد و به طبقهٔ اول برسـاند تا دختر خوبـی برای پدرش باشـد. چشـم‌هایش را باز می‌کند و به پدر که با موهای سـفیدش بالای سر او موهایی را کـه کم‌کم دارد کم‌پشـت می‌شـود نـوازش می‌کند، لبخندی می‌زند و روی تخت یک‌نفره که مختص طبقهٔ اول اسـت نیم‌خیز می‌شـود. چـای را برمی‌دارد و پدر بـا لبخندی از رضایت بلند می‌شـود و اتاق را ترک می‌کنـد. دختـر خوش‌حـال اسـت، چـون اعتقـاد دارد از ایـن تخت به آن تخت فرجی خواهد شـد، مثلاً ممکن اسـت طبقهٔ دوم برای همیشـه خراب شـود، یا کسـی از بیـرون بیاید و جـای او در طبقهٔ دوم یک زن کامل باشـد، یـا از همان‌هایی کـه او را بـه این لوکیشـن ارسـال کرده بودنـد بخواهد که چنـد سـالی به‌جـای او در طبقهٔ دوم سـاکن شـوند و بگذارنـد او فقط چند سـال در طبقـهٔ اول دختر خوبی برای پدرش باشـد. مثلاً مادرش، بسـیار به

پـدر او که این سـکانس خیرات روحش است، علاقه‌مند بـود. چون او هر روز با خرید دو عدد نان سنگک، بهترین پسـر مادری بود که آرزو داشـت پسـری داشـته باشـد تا هر روز نیازهای مادرانه‌اش را رفع کند، البته آن مادر خبر نداشت هزینه‌های نان سنگک بسیار بیشتر از آن چیزی بود که نانوا می‌فروخـت و فقط دخـتر در طبقـهٔ دوم بـه هزینه‌هایـش آگاه بـود و تختی کـه مـدام باید خون‌هایـش را می‌چلانـد تا برای سنگک‌های بعـدی آماده شـود یا حتی یکـی از همان‌هایـی که می‌گفتنـد خواهرانش‌اند، چند سـالی در طبقهٔ دوم یکـی را جـای او می‌فرستادند؛ همان‌هایـی کـه پیش از تقسیم کامـل بـدن دخـتر بـه طبقـات، اطمینـان داده بودند کـه این می‌تواند بسیار طبیعـی باشـد کـه دختـری شـب‌ها زن شـود و جـای آن روزها پدر داشـته باشـد و این بسـیار طبیعـی اسـت. بالاخـره هرچیزی که در جهان به دسـت می‌آوری، باید در مقابل چیزی را از دسـت بدهی، و خب مشـخص بود که مـن هـم از این قانون مستثنی نبودم. بالاخـره برای دختـری کـه پیش از این بدنـش راهزنـان خونـی و غیرخونی را تجربه کرده است، داشـتن پدر حتی برای چند ساعت می‌توانست شبیه داشتن گرین کارت آمریکا باشد.)

اصلاً نمی‌دانـم کلهٔ کچـل او چگونـه می‌توانسـت مـرا پرتـاب کند به سکانس‌هایی کـه بارها از تدوینگر خواسـته بودم آن‌هـا را منهدم کند تا آن کسـی که پشـت میز نشسـته از روی بیکاری و اینکه راهی بـرای آزادی پیدا نمی‌کند، جهت سـرگرمی آن‌ها را وسـط بکشد و اصلاً حواسش نباشد که بدنـم در چه موقعیتی اسـت. البته با این سـکانس یکـی از دلایل احتمالی دزدی برایـم شفاف‌تر شـد؛ انـگار آن‌قدرهـا هـم از روی بیکاری نبـوده اسـت؛ دقیقـاً از همان زیرزمین بـود که قطعاتم از جـا در رفتند، یعنی بدنم دچـار فرونشسـت شـد و قطعاتم لق شـدند. اصلاً به این فکـر نکرده بودم اگـر دزدی به قطعات محکم دسـتبرد بزند، نمی‌تواند همـه‌اش را با هم ببرد

مگـر اینکه آن‌ها لق باشـند یا از جای اصلی‌شـان در رفته باشـند. من بارها وقتـی در طبقۀ دوم بودم، صدای دررفتنشـان را شـنیده بودم، یا بهتر اسـت بگویم صدای لق‌شـدن قطعاتم را. خودم بارها پستان‌های لق‌شـده را لای دنده‌هایـم موقتی وصل می‌کـردم و حتی ضجه‌های واژنم را می‌شـنیدم که از فرط لق‌شـدگی آرزوی مـرگ می‌کرد.

خـب ایـن می‌توانـد خودش نقطۀ شـروعی بـرای پیداکـردن دزد اصلی باشـد. هرچنـد بـه او کـه پشـت میـز نشسـته نمی‌گویـم کـه از سـکانس تحمیلـی‌اش رضایـت نسـبی دارم؛ دوسـت دارم کمـی عـذاب وجـدان بگیـرد و هنـوز هـم خیال نـدارم این سـکانس را تمـام کنم. البتـه آن هم نه به‌خاطـر لجبازی... شـاید به‌خاطر اینکه دوست ندارم کسـانی که چشـم در چشـم‌های او کـه دسـت‌هایش شـبیه دست‌های پدرم بـود، می‌دوزند، خیـال کننـد آدم بـدی بـود، نـه اصلاً... او یکـی از فرآورده‌هـای جنـگ تحمیلـی بـود، کـه بیشـتر فکر می‌کنم برای مـن تحمیلی بود نه بـرای او کـه تنهـا از جنـگ چنـد درصد معیوب‌بودن، آن هم از نوع اساسـی‌اش نصیبش شـد. جنـگ تحمیلی، یعنی هم‌سـنگر کسـی باشـی که جنگی زیرزمینی را بـا او تا لحظۀ مرگش ادامـه دهی.

مـوج آن‌قدر سـنگین بـود که راسـتش را بخواهید فکر می‌کنم بیشـتر از نـان سـنگک همین موج مـادرم را هـم گرفت و گمـان کرد بد نیسـت همه بـا هم موجی شـویم و دور سـفرۀ شیمیایی‌شـدن او را هم بـا صلواتی فوت کنیـم تـوی دهان ساسـانی که در بلوار کشـاورز همیشـه تنفس کـم می‌آورد و کبـود می‌شـد، چـون اکسـیژنش را جیره‌بندی کـرده بودند. مـوج آن‌قدر سـنگین بـود کـه معلـوم نبـود چـرا او بـا آن موهای سـفیدش هـر چقدر از آن انفجـار دورتـر می‌شـد، چنـد برابر بـه آن نزدیک‌تر می‌شـد و مـرا هم با خـود می‌بـرد چـون حداقـل می‌توانسـت در طبقاتم جابه‌جا شـود و کمی

تنوع در موج‌هایش ایجاد کند. مادرم هم اهل جنگ بود و دوست داشت به‌عنوان غنیمت پشت سنگرها خیرات شوم، اما حواسش نبود که در طبقه‌بندی‌های آن‌ها جایی برای من نیست. حتی او با آن موهای سفیدش همیشه در طبقهٔ اول در زیرزمین درصدهایش را زیر خاک دفن می‌کرد تا نکند سم شهادت به ریه‌هایش نفوذ کند. حتی وقتی با ترکیب دود، شیشه و گاز خودش را به ملکوت اعلی پرت کرد، جنازه‌اش را جایی دفن کرد که نه جزو قطعهٔ شهدا باشد، نه جانبازان؛ همیشه دلش می‌خواست مرگ اختیاری‌اش را مصادره نکنند.

دوباره او را اشتباهی به سکانس‌هایی بردم که برای پیداکردن قطعاتش نمی‌تواند خیلی مؤثر باشد. اصلاً نمی‌دانم چرا یک شرمندگی مدام نسبت به او دارم. این پریشانی و عدم تمرکزم گریبان او را گرفته است. نمی‌خواستم دوباره آن طبقات را مرور کند، فقط می‌خواستم کمی از روایت فاصله بگیرم، آن هم به‌خاطر آلپرازولامی که اثرش داشت به روایت نشت می‌کرد. می‌خواستم در این فاصله او بتواند کمی برای خودش بچرخد، نه اینکه با جزئیات کامل سر از زیرزمینی در بیاورد که هنوز ترکش‌هایش نخاع این روایت را تهدید می‌کند. فقط کسی که سال‌ها در انفرادی بوده می‌تواند پریشانی‌ام را درک کند. نمی‌توانم از او توقع داشته باشم که مرا بفهمد. اصلاً خودم هم دقیق نمی‌دانم این زن کچل که دارد خودش را می‌پزد، آیا باید علت کچلی‌اش را بلندبلند فاش کند آن هم در این موقعیت که باید برای پیداکردن دزد قطعات او فکر چاره‌ای باشم؟ یعنی این وسط می‌خواهد مدام سروکله‌اش پیدا شود، حتی انگار چند سکانس دیگر هم دارد و او نمی‌داند مجبور است آن زن وحشی را دوباره در خانه‌اش ببیند. حس می‌کنم باید کسی این روایت را ویروسی کرده باشد، گاهی من هم که پشت این میز نشسته‌ام، مجبور به نوشتن چیزهایی‌ام که نمی‌خواهم.

شب-داخلی-آشپزخانه

(زن کچـل همچنان مقابل گاز اسـت، امـا این‌بار قابلمه‌ای بزرگ روی شـعلۀ گاز قرار دارد. بخار شـدیدی از ظرف بیرون می‌زند طوری که فضای آشپزخانه مملو از بخار شـده اسـت. دسـت زن در داخل ظرف قرار دارد، گویی در حال پختن دسـت‌هایش اسـت، اما هیچ نشانه‌ای از درد، سـوزش و ناراحتی ندارد و همچنان با کسـی کـه هیچ صدا و تصویری نـدارد، حرف می‌زند.)

زن کچـل: از دیشب هیچی نخوردم، یک ضعیف شدید همیشه با منه.

(سـرش را به‌سـمت بیـرون آشپزخانـه برمی‌گردانـد و به‌سـوی چیزی در پذیرایی نگاه می‌کند.)

زن کچـل: چیـه اون وسط واسـۀ خـودت افتـادی و مـدام داری بـه مـن نیشـخند می‌زنی؟ بـه مـن چـه کـه اون پرتت کرد وسط اتـاق و دیگـه تنش نکـرد. فقـط کم مونده نگران کلمن‌شـدن اون باشـم! اون خـودش خوب بلده دزد رو پیـدا کنه.

(زن دستش را از تـوی قابلمـه بیـرون می‌آورد، فقط دو انگشت در دسـتش باقی مانده اسـت؛ یکی انگشت اشاره و یکی انگشت حلقه. زن قهقهه می‌زند.)

زن کچـل: بیـا اینجـا رو ببیـن تورو خدا، دقیقاً همون‌هایی کـه باید پخته

می‌شدن، سر جاشـون موندن. اونایی که خیلی پخته‌شدنشـون واجب نبود، افتـادن تـوی قابلمه. باور کـن موندم از این امیدی که هنوز این دو تا انگشـت سـرتق دارن. مـن کـه شماهـا رو جـدا می‌کنم، حالا هـی الکی امیـد داشتـه باشین و خودتون رو بچسبونین به من.

(بـا دسـت راسـتش چنگالـی را کـه درون بشـقابی کنار گاز قـرار دارد، برمی‌دارد و درون قابلمـه فـرو می‌کند و یک انگشـت پخته را بیـرون می‌آورد و جلـوی بینی‌اش می‌گیرد.)

زن کچـل: چـه بویی داره، خیلی خـوب هم پخته شـده. قطعاً طعمش به خوشـمزگی این دو تا انگشـت سـرتق نیست، اما همنشینی با اون‌ها طعمش رو به طعم اون‌هـا نزدیک کرده.

(زن بـا فریـاد چیزی را بـه کسـی کـه صـدا و تصویرش دیده نمی‌شـود، می‌گوید.)

زن کچـل: مگه نگفتی از دیشـب چیزی نخوردی؟ بیا دیگه، اصلاً چیزی کـه آدم دم گاز می‌خوره، یه طعم دیگه داره.

من چرا مجبورم جلوی این زن وحشـی شکنجه‌گر بایستم و تماشایش کنـم؟ حتی دارد در روند وظایف او که پشـت میز نشسـته اسـت، دخالت می‌کنـد و مـرا بـا یک جمله پرتـاب می‌کند بـه زیرزمینی که سـال‌هاسـت از آن نقل‌مکان کـرده‌ام و مجبـورم می‌کند از طبقاتـم بالا بـروم و اصلاً هم برایـش مهم نیسـت با جابه‌جاشـدن حتی یک ترکش ممکن اسـت نخاعم قطع شـود و مثـل او بـرای همیشـه پشـت آن میـز زندانی شـوم. مـن فقط بایـد دنبـال قطعاتـم بگـردم. اگرچـه علت لق‌شدنشـان بسیار مهـم بود، امـا نمی‌توانم افسـارم را بـه دسـت جمـلات ایـن زن دیوانه بدهـم. دیگر نمی‌توانـم او را تحمـل کنـم. بـوی انگشـتانش می‌خواهـد مرا بـه جاهایی ببـرد، امـا مـن جلـوی بینی‌ام را گرفتـه‌ام، آن هـم در آپارتمـان خودم که هیچ

اختیـاری نـدارم، حتی اختیـار بویایی‌ام را، آن هم درسـت موقعـی که باید بـرای مهمانـی جمعـه یک خـاک بزرگ روی سـرم بریـزم و از همـه مهم‌تر تکلیف آن دزد کثیف را روشـن کنم که معلوم نیسـت در کدام بازار سیاهی دارد تکه‌هـای مـرا می‌فروشـد. می‌ترسـم به ایـن زن نزدیک شـوم. اصلاً از کجـا بدانم که زن اسـت! مویی که ندارد و با آن تی‌شـرت قرمز زنانگی‌اش قابل‌تشـخیص نیسـت. فقـط آن‌کـه پشـت آن میـز اسـت، می‌دانـد کـه جنسـیت او چیسـت، اما مـن کاری به ایـن کارها ندارم، بایـد مثل گربه او را از گردنـش بگیـرم و از خانه‌ام بیرونش کنم. معلوم نیست از کدام پنجره وارد شـده اسـت. البته خانهٔ من پرده‌های کلفتی دارد و با دو پنجرهٔ همیشـه بسـته کـه نمی‌توانـد از شیشـه عبور کرده باشـد. او که نور نیسـت تا بتواند بـا تاریکـی این خانـه ترکیب‌هـای اکسپرسیونیسـتی‌اش را به رخم بکشـد. احتمـالاً وقتـی در را بـاز کرده‌ام تـا از خانه بیرون بـروم، دزدکی وارد خانه شـده اسـت. نباید به او نزدیک شـوم. می‌ترسـم همین تکه‌های باقی‌مانده را هـم تـوی آن قابلمهٔ قاتلـش بیندازد و با آن کسـی که نمی‌دانم کیسـت و مـدام بـا او حرف می‌زنـد، مرا نوش جـان کنند.

شب-داخلی-پذیرایی

(زن میز را برای شـام چیده اسـت، دو بشـقاب همراه با کارد و چنگال و قاشق روی میـز قـرار دارد و دو سـس یکـی کچـاپ و دیگـری مایونـز. دو دسـتمال تزئین‌شـده نیز کنار هر بشـقاب قرار گرفته اسـت. یک دیس هم با سبزیجات تزئین‌شـده روی میـز قـرار دارد؛ سبزیجات روی غـذای اصلـی را گرفته‌اند. یک نمکدان هم روز میز قرار دارد. زن پشـت میز روی صندلی نشسـته اسـت و بـا چنگال یـک عـدد انگشـت را در بشـقاب خودش قرار می‌دهد و یک انگشـت هـم در بشـقاب دیگر می‌گـذارد. چاقـو را بر می‌دارد و از تـوی دیس تکـهٔ گوشـتی را برش داده دو قسـمت می‌کنـد، در هر دو بشـقاب می‌گذارد و بـا کسـی که تصویرش دیده و صدایش شنیده نمی‌شـود، صحبـت می‌کند.)

زن کچـل: زود بیـا، امشـب یـه سورپرایز دارم؛ همـون چیزی کـه خیلی دوسـت داری، عاشقشـی، دوسـت داری هر شـب بخوری. از قبل تـوی مواد خوابونده بودم، بعد هم گذاشـتم حسـابی با انگشـت‌ها پخت. بالاخره قطعاً می‌دونـی کـه انگشـت‌ها کلاً یـک ادویهٔ ذاتی دارن. چون همه‌جا سـرک می‌کشـن، خیلی طعم‌ها رو با خودشـون دارن. گذاشـتم حسـابی با انگشـتا جـا افتـاد. زود بیـا، نمی‌دونـی چقدر گشـنمه، تـازه مگه تو نگفتی از دیشـب

هیچی نخوردی؟ این یکی تا چند روز نمی‌ذاره ضعف کنی.

نبایـد او بـا این صحنه‌هـا روبه‌رو شـود. اصلاً قرارمان حضـورش در این قسـمت نبـود. چقـدر احمـق شـده‌ام، اصلاً مگر او بـا مـن قـراری می‌گذارد. حتمـاً او فکر می‌کنـد کـه به‌عمد این زن کچـل را اینجـای روایـت آورده‌ام تـا بی‌اهمیتی‌ام را بـه نسـبت بـه دزدیـدن قطعاتـش نشـان دهم. حتی شـاید فکـر کنـد دارم انتقـام رمان نیمه‌کارهٔ پیشـین را از او می‌گیرم کـه از ابهامش به سـرگیجه افتـاد و آن‌قدر بهبـودی‌اش را بـه تأخیر انداخت که باعث شـد تمام شـخصیت‌های دیگر آن رمان هم متواری شـوند. درسـت اسـت کـه شـورشی و سـرتق اسـت، اما نمی‌داند چقدر او را دوسـت دارم، چون اگر او نبود، من حتـی نمی‌توانسـتم به‌انـدازهٔ همین میز هم جایی برای زیسـتن داشـته باشـم.

بـالای سـر زن کچـل در حال تماشـای خوردن او هسـتم؛ بـا چه ولع و اشـتهایی تکه‌هـای انگشـتش را کـه بـا سـس‌ها مخلـوط کرده اسـت، تـوی دهانش می‌گذارد و می‌جود، نمی‌دانم آن گوشـتی کـه سـورپرایز امشبشان اسـت از کجا پیدایـش شـد. همه‌چیـزش کـه سـر جایش اسـت، جز سـه انگشـت دسـت چپش کـه جایش خالی اسـت، بیشـتر شـبیه پسـتان است و ایـن را بیشـتر از روی نـوک آن فهمیـدم، چون شـباهت بسـیاری به نـوک پسـتان‌های خـودم دارد کـه آن‌هـا را دزدیده‌انـد. اصلاً حواسـم نیسـت چه می‌گویـم، انـگار باقـی پسـتان‌ها دسـت و پـا دارنـد! خـب معلـوم اسـت کـه همه‌شـان نـوک دارنـد، اما شـباهتی مرمـوز مرا یـاد پسـتان‌های خودم می‌انـدازد. حالـم به هـم می‌خورد کـه شـبیه او باشـم، حتی کوچک‌ترین شـباهت، حتی شـباهت به‌انـدازهٔ یک نوک پسـتان. می‌خواهـد دوبـاره مرا بـه جاهایـی کـه نبایـد بکشـاند. دارد خـودش را می‌خـورد و به‌بـه و چه‌چـه می‌کنـد و بـرای کسـی کـه معلـوم نیسـت کیسـت، از فوایـد آن می‌گوید. حداقـل بـا این پسـتان فهمیدم کـه او قطعـاً بایـد یک زن باشـد. اگرچه هیچ

شباهتی به یک زن ندارد. اصلاً من اینجا چه می‌کنم؟ او اینجا چه می‌کند؟ من باید دنبال تکه‌های خودم باشم، باید به اتاق خواب بروم. او که قصد ترک اینجا را ندارد و من هم جرئت بیرون‌انداختنش را. بوی پستان‌هایش عجیب خانه را برداشته؛ بویی که مرا یاد پستان‌های مادرم می‌اندازد، وقتی برای اولین بار با دهانم آشنا شدند.

روی تخت دراز کشیده و تا آنجا که می‌تواند خودش را کش داده است و هم‌زمان خود را می‌لرزاند. نمی‌دانم چرا لخت خوابیده. مداد مشکی روی سینه‌اش هم پخش شده، احتمالاً دیدن آن صحنه و شباهت ژنتیکی پستان‌هایشان تا این حد، او را به هم ریخته است. نکند انگیزه‌اش را برای جست‌وجو از دست بدهد؟ نکند آن دزد کثیف را پیدا نکند و در سوگ پستان‌های پخته‌شدهٔ آن زن کچل بنشیند؟ باید فکری کنم؛ باید یک سکانس انگیزشی حتی به‌دروغ برای او مهیا کنم. نباید بگذارم از جست‌وجو دست بکشد. پشت این میز دیگر ادامهٔ بقا ممکن نیست.

روز-داخلی/خارجی-راه‌پلۀ ساختمان

(زن کچل درحالی‌که دو دستکش مشکی بر دست دارد و روی سرش یک پوستیژ بلوند قرار داده است، با یک تی‌شرت قرمز و یک شلوار جین و شالی که دور گردنش پیچیده، در حال پوشیدن کفش است. زنگ تلفن همراهش به صدا در می‌آید. در همان حالی که کفش می‌پوشد، گوشی را روی آیفون می‌گذارد و تماس را پاسخ می‌دهد.)

زن کچل: بله؟

مرد آن‌طرف خط: یک بستۀ پستی دارید که چندین بار به در منزلتون ارسال شده، اما پاسخگو نبودید. برای تحویل اون به ادارۀ پست منطقه‌تون مراجعه کنید.

زن کچل: چه بسته‌ای؟

مرد آن طرف خط: من که نمی‌دونم چه بسته‌ایه.

زن کچل: کسی آدرسی از من نداره!

مرد آن طرف خط: من که این چیزها رو نمی‌دونم، کارمند ادارۀ پستم، فقط باید شما رو مطلع می‌کردم.

(زن گوشی را قطع می‌کند و از خانه خارج می‌شود.)

عجب زن کثیف و بدسلیقه‌ای! حتماً این میز با این همه گند و کثافت را گذاشته تا من جمع کنم. حالا هم که شال و کلاه کرده تا از خانه بیرون برود. اصلاً معلوم نیست با آن دست ناقصش چگونه توانسته کفش‌هایش را بپوشد. با آن پوستیژ بلوندش خیلی احمق است اگر فکر کند می‌تواند من را هم مثل مردم کوچه و خیابان فریب دهد. من خودم با چشم‌هایم دیدم که انگشت خودش را با لذت گاز می‌زند و می‌خورد. معلوم است که تو آدرسی نداری! حتماً آن بستهٔ پستی برای من است. چرا مأمور پست با این زن تماس گرفته؟ این آپارتمان متعلق به من است. انگار وسعت دزدی بیشتر از آن حدی بوده که من تصور می‌کردم. آپارتمانم را جلوی چشم‌هایم دزدیده‌اند و حتی آدرسم را. باید تا این زن نیامده، قفل در را عوض کنم. آن بستهٔ پستی هم قطعاً به دست این زن نمی‌رسد، ادارهٔ پست که همین‌طوری و بدون مدارک شناسایی محموله‌ای را تحویل نمی‌دهد. بوی خوش پستان‌های دیشبش حالا به بوی گند بدل شده است و اصلاً هم شبیه پستان‌های مادرم، درست در همان دقایقی که با دهانم آشنا شدند، نیست. حالم هم از پستان‌های گم‌شده‌ام به هم می‌خورد؛ می‌خواهم بگذارم گورشان را گم کنند و در ناصرخسرو یا هر بازار سیاه و سبز و زرد و حتی قرمزی به فروش برسند.

لعنت بر من! تمام انگیزهٔ جست‌وجویش را از بین بردم؛ تمام انگیزهٔ حرکت و بقایش را. البته من خودم هم نفهمیدم این زن کچل چگونه یک‌دفعه وسط روایت داستانی با سکانس‌های سینمایی پیدایش شد و حتی قصدهای کثیف دیگری هم دارد. همین که دست‌های او را گرفت و به آن زیرزمینی برد که سال‌هاست از آن نقل‌مکان کرده‌ام، عدم تمرکز و طولانی‌شدن این انفرادی باعث شد یک قسمت این روایت از دستم خارج شود، اما برای تنبیهش و اینکه جایگاه خود را بداند و از همه مهم‌تر برای

بازگردانـدن شـور بـه او و اینکـه بایـد فقـط دنبال دزد باشـد، مجبـورش کردم بـه ادارۀ پسـت بـرود. البتـه او راسـت می‌گویـد؛ ایـن آدرس، آدرس آپارتمان اوسـت و ایـن بسـته که می‌خواسـتم شـبیه مرهمی باشد بر زخمی که دیشب به انگیزه‌های جسـت‌وجویش زدم، آن بسـته‌ای نبود که شـور را به او بازگرداند. مـن باید طـوری روایت را پیش می‌بـردم تا او که قطعاتش را گم کرده اسـت، گمـان کند این بسـته دقیقاً برای آن زن کچل ارسـال شـده است. مـثلاً گمان کنـد یک نفر تکه‌های پخته‌شـدۀ او را با یـک داروی جادویی درمان می‌کند و سـر جای خودش برمی‌گرداند، اما حالا او این بسـته را از آنِ خودش می‌داند و مطمئن اسـت که پسـت آن را به زن کچل تحویـل نمی‌دهد، باید راهکاری بـرای این قسـمت پیدا کنم.

روز-خارجی-روبه‌روی ادارهٔ پست

(زن کچـل بـا پوسـتیژ بلونـدی کـه بخشـی از صورتـش را پوشـانده اسـت، بـا بسـته‌ای در دسـت روبه‌روی ادارهٔ پسـت ایسـتاده اسـت و بسـته را در دسـت‌هایش به‌سـختی می‌چرخانـد و آن را به چشـم‌هایش نزدیـک می‌کند؛ گویی در حال پیداکردن آدرس اسـت. در حال چرخش بسته، دست چپش از ناحیـهٔ مچ آویزان می‌شـود. بسـته از دسـتش می‌افتد، شـال دور گردنش را برمی‌دارد و اتصالی موقتی میان مچ آویزانش و سـاعدش پیـدا می‌کند. پس از آن به گوشـهٔ خیابان می‌رود و ماشـینی را نگه می‌دارد و سـوار آن می‌شـود.)

به‌نظـرم ایـن مـرد بایـد همدسـت آن زن وحشـی باشـد. عوض‌کـردن یـک قفل کـه نمی‌توانـد تـا این حد زمـان ببرد. هـر ثانیه احتمال رسـیدنش هسـت؛ این‌بـار نبایـد بگـذارم به ایـن خانه برسـد. گمان می‌کـردم دزدکی وارد خانـه شـده اسـت، اما آن دسـته‌کلید، کـه فکر می‌کنم صـد کلید به آن آویـزان بـود، بایـد او را به اینجا رسـانده باشـد. نکند حتی بـا عوض‌کردن ایـن قفل هم کلیدهایش کار کند! کسـی که به‌راحتی خودش را می‌خورد، خـوردن قفل‌هـا کـه دیگـر برایـش کاری نـدارد، امـا در هر صـورت من باید تلاش کنـم تـا او نتوانـد بـه این خانـه بازگـردد. صـدای پاهای یـک نفر را

می‌شنوم، نمی‌تواند او باشد. این ساختمان که فقط متعلق به من نیست، حتماً این صدا از واحد دیگری است. این ساختمان آسانسور هم ندارد که حداقل با شماره‌های طبقاتش بتواند در این وضعیت کمکم کند. او هم که مثل همیشه افلیج پشت آن میز نشسته است و دلش را به نوشته‌هایی خوش می‌کند که اگر دلم بخواهد می‌توانم شبیه همان رمان «ایکس مساوی ایگرگ» آن‌چنان از آن بیرون بزنم و همه را متواری کنم که برای بازگشتم مجبور باشد روزی ده تا آلپرازولام بخورد تا بیداری‌اش را آن‌قدر به تعویق بیندازد تا من دوباره برگردم. حالا هم که برگشته‌ام اصلاً دلم برای او که پشت میز زندانی است نسوخته، فقط این دزدی باعث شد دوباره برگردم. صدای پا نزدیک‌تر شده است. این ساختمان پنج طبقه دارد و در طبقهٔ من چهار واحد هست. شاید آن صدا مربوط به یکی از این واحدهای کناری‌ام باشد.

کاش می‌توانستم با ترتیب‌دادن یک موقعیت تصادفی، این زن کچل را درحالی‌که به آپارتمان او نزدیک می‌شود، از پله‌ها پرت کنم و کارش را تمام کنم تا کمتر وقت او را که باید تنها اولویتش پیداکردن قطعاتش باشد، هدر بدهم، اما او نمی‌داند که من هم نمی‌دانم اینکه او وسط این روایت پیدایش شده دلیلش چیست و چون من او را نیاورده‌ام، امکان آسیب‌زدن یا کشتنش را ندارم. این بدترین مزاحمی بود که می‌توانست در این موقعیت ظاهر شود. حالا هم که دارد به آپارتمان او می‌رسد، با همان بسته‌ای که خودم ارسالش را از ادارهٔ پست ترتیب دادم تا مثلاً دارویی برای عضوهای پخته‌شدهٔ او داشته باشد و آن‌ها را سر جایشان بازگرداند تا او که قطعاتش گم شده، تمام وقتش صرف نگاه‌کردن به خوردن‌های مکرر او نباشد و انگیزه‌اش را برای پیداکردن از دست بدهد. خودتان مگر نشنیدید که چند پاراگراف بالاتر گفت:

«حالـم هـم از پسـتان‌های گم‌شـده‌ام بـه هـم می‌خـورد؛ می‌خواهـم بگذارم گورشـان را گم کنند و در ناصرخسـرو یا هر بازار سـیاه و سبز و زرد و حتـی قرمـزی به فروش برسـند.»

مـن او را بهتـر از همهٔ شـماهایی کـه این روایـت را می‌خوانید می‌شناسـم. او اگر ناامیـد شـود و حس کشـف و جسـت‌وجوی قطعاتـش را از دسـت بدهد، بـه یک خودویرانگر بـزرگ کـه هیچ رمانـی در تاریخ به خود ندیده اسـت تبدیل می‌شـود و همه‌چیـز را به هم می‌ریـزد. حتی می‌تواند خودش را شـبیه آدم‌برفی کنـد، آن هم وسـط تابسـتان، اما ماننـد یک آدم‌برفـی در قطب، آب‌شـدنش را سـال‌ها به تعویق بیندازد تا مرگ تدریجی‌اش را جلوی چشـمانتان و چشـم من کـه پشـت این میز زندانی هسـتم، ماننـد یک پرفورمنس همیشـگی اجرا کند.

روز-داخلی-پاگرد آپارتمان

(زن کچل با بسته‌ای در دست و شالی که دست چپش را به گردنش متصل کرده است، بدون هیچ توجهی به آن مرد قفل‌ساز و زنی که قطعه‌هایش گم شده، از میانشان عبور می‌کند. بسته را روی میز ناهارخوری قرار می‌دهد و دوباره شروع می‌کند به صحبت با کسی که تصویرش دیده و صدایش شنیده نمی‌شود.)

زن کچل: بیا این بسته رو باز کن، من نمی‌تونم. امشب می‌خواستم با یه طعم جدید آشنات کنم، ولی دیشب انگار زیادتر از حدی که باید پختمشون. جلوی در ادارۀ پست این مچ خودشو پرت می‌کرد توی خیابون، با همون دو تا انگشت سرتق، فکر کنم قصد فرار داشتند. آره آره، از پختن زیاد نبود، آسمون و آدم‌ها رو دیدن، هوایی شدن، فرار؟ آخه اون هم از دست من؟...

(زن قهقهه می‌زند و شالی را که برای مهارکردن مچش بسته بود، باز می‌کند. مچ آویزان‌شده را با دو انگشت اشاره و حلقه‌اش روبه‌روی چشم‌هایش می‌گیرد و با آن‌ها صحبت می‌کند.)

زن کچل: اصلاً فکر کنین فرار می‌کردین. آخه بدبخت‌ا روی تن من

بودیــن چــه گلی به ســرتون زدم کــه یکی دیگه اون گل رو دور دســتاتون حلقــه کنــه! خود من چقدر فــرار کردم از روی تن بقیه، آخرش رسیدم روی تــن خــودم، همین جــا. آدم خــودش، خــودش رو بخــوره خیلــی بهتره تــا بقیه بخورنــش و بعــد هم از طعمت بنالن یا حتی اگه خوششــون هــم بیاد، بعد یه مــدت دلشــون رو بزنی. کلاً بهترین طعم دنیــا هم برای همیشــه دوام نمیاره.

بایــد بــا این فاجعه کنار بیایم؛ این زن کچل وحشی قصد ترک خانه‌ام را نــدارد. نمی‌دانم چــرا آن مرد تا این زن را دید، بــدون هیچ خداحافظی یا دستمزدی، با اینکه قفل را عوض کرده بود، شــبیه یک جســد یا بهتر است بگویم ربات، به‌ســرعت از جلوی چشــم‌هایم محو شــد. نکند من مرده‌ام کــه ایــن زن کچل مــرا نمی‌بیند؟ اصلاً بگوییــم من مرده‌ام، امــا این مرد که نمــرده بــود، چــرا این زن حتــی نیم‌نگاهی به مــا نکرد و همین‌طــوری انگار کــه از میان اشــیا عبــور می‌کند، راهــش را گرفت و روی مبل من نشســت؟ همــان مبلی کــه ســال‌های طولانی رویش دراز کشــیده‌ام و به ســقف خیره شــده‌ام تا شــاید سقف رویش کم شــود و کنار برود. حداقل آن بستهٔ لعنتی را هــم بــاز نمی‌کنــد کــه بفهمم ادارهٔ پســت بــرای من از چــه چیزی فرستاده اســت که او خود را صاحب آن می‌داند.

دارم بــه همه‌چیــز گنــد می‌زنــم. دارم همه‌چیز را خــراب می‌کنم. شــاید به‌خاطــر مصــرف قرص‌هاســت. این‌همــه عدم تمرکــز و فراموشــی حتماً باید به‌خاطــر ایــن داروی لعنتی باشــد که مثل نقل و نبات مصــرف می‌کنم. لعنت بــه من! حواســم به آن چیزی کــه باید برای داخل بســته تــدارک می‌دیدم نبود. همیشــه کارهایم از دقیقهٔ نود به وقت اضافه می‌کشــد. دقیقاً در همین ثانیه‌ها آن زن کچــل بســته را بــاز می‌کند. باید بــرای محتوای داخلــش چیزی در نظر بگیرم که هم برای زن کچل مناســب باشــد و وحشــی‌تر نکند و هم او را که قطعاتــش گم شــده، به انگیزه‌هایش برگرداند، و هم برای شــما که این روایت

واقعـی را می‌خوانید، راضی‌کننده باشـد. اگرچه می‌دانـم اصلاً نمی‌توان همه را راضـی نگـه داشـت. شـک ندارم یکـی از میـان شـما در پاراگـراف مربوط بـه بستۀ پسـتی فحش‌هـای رکیکی بـه مـن خواهیـد داد. نمی‌خواهـم خودم را توجیـه کنـم، امـا از مصرف زیـاد قرص‌های خـواب پرهیز کنیـد، چون در دقیقـه‌ای که خودتان هم نخواهید فهمید، همه را به دردسـر خواهید انداخت و تمـام فحش‌های جهـان را نثار خودتـان خواهید کرد.

عصر -داخلی -پذیرایی آپارتمان

(زن کچـل در حـال بازکـردن بسـته اسـت. درِ آن کارتـن قهوه‌ای‌رنـگ را بـاز می‌کند و با حالتی که گویی چیز بی‌ارزشـی داخل آن اسـت، با آن کسـی که صـدا و تصویـرش دیده نمی‌شـود، صحبت می‌کند.)

زن کچـل: آخـه چیـز به این کوچیکی نیاز به کارتن به این بزرگی نداشـت! هـر کی فرسـتاده یا خـودش رو خیلی تحویـل گرفته یا مـن رو. آدرس هم که ننوشـته؛ حتماً باید آدم بزدل و ترسـویی باشه.

(زن کچـل ابتدا با دسـت راسـتش پوستیژ بلوند را از روی سـرش بر می‌دارد و وسـط پذیرایـی می‌انـدازد، درسـت کنـار تاپ همـان زنی کـه قطعاتش گم شـده اسـت و درحالی‌که مچ دسـتش آویزان شـده با دسـت راسـتش یک نوار کاسـت از کارتن بیرون می‌آورد.)

زن کچـل: چقـدر هـم قدیمیـه... هـر کـی هسـت، حتمـاً از زمانـی که کاسـت منقـرض شـد، رفته تـوی جنـگل زندگی کـرده که هنـوز با این چیز منقرض‌شده داره کار می‌کنه. بـرو ببیـن یـه ضبط صوتـی، چیـزی می‌تونی پیـدا کنی.

من همیشه عاشق نوار کاست بودم، حتی یک کلکسیون از کاست‌های

قدیمی را در یـک چمدان کوچک قدیمی که یـادگار پدری بـود که هرگز ندیـده بـودم، نگـه می‌داشـتم. یـک ضبطِ صـوت مشکی مستطیل‌شکل کوچـک هـم در اتاق‌خوابـم روی کتاب‌خانـه‌ام بـرای تزئین گذاشته‌ام و آن چمـدان کوچـک بـا رنگ قهـوه‌ای رنگ پریده‌اش و سـاکنان صـدادارش را هنـوز دارم، اما از سـال‌های بسیار دوری سراغشـان نرفته‌ام؛ درسـت از زمانـی که سـراغ خودم نرفتم و سـراغ این آینـه که مدام چیز مرمـوزی را بـه مـن یادآوری می‌کند. حالا خوب اسـت این دزدی باعث شـد کمی با هم آشـتی کنیم، اگرچه همیشـه با آن طرح‌هـای اکسپرسیونیسـتی‌اش تاریکی ایـن خانه را به رخم می‌کشـد. این کاسـت که در دسـت‌های این زن کچل اسـت، بـرای من فرسـتاده شـده اسـت. چطور به خـودش اجازه می‌دهد فکـر کنـد صاحب آن در جنگل زندگی کرده اسـت؟ حالم از هرچه فلَش و هرچیـزی که مثلاً محتواهای بیشـتری را در شـکم خودش جا می‌دهد، به هـم می‌خـورد. از نظر من ارزش هر چیز با حجم آن نسـبت معکوس دارد. مـثلاً یـک جعبه شـیرینی در یک خانـه ارزش متفاوتی پیدا می‌کنـد با یک جعبـه شـیرینی در یـک قنادی. اصلاً چرا باید در ایـن موقعیت بخواهم این چیزهـا را بـه ایـن زن کچل بفهمانـم؟ اگرچه حتی خـودش را به ندیدن من می‌زند. کاش می‌شـد کاسـت را از دسـتش بقاپم و از خانه خارج شـوم، اما مـن جز اینجـا جایی برای زیسـتن ندارم. بـا آن مچ آویزانش شـما هم اگر جـای مـن بودید، بـه او نزدیک نمی‌شـدید، اما می‌توانـم آن ضبط را جایی پنهان کنـم تـا نتواند چیزی را که مربوط به من می‌شـود، بـدون اجازهٔ من گـوش بدهـد. باید سـریع بـه اتاق‌خواب بـروم و آن ضبطِ صـوت را بالای کمـدی کـه سـال‌هاسـت آن چمـدان بـا کاسـت‌هایش در آن مدفون شـده اسـت، قرار بدهم.

کمـی احسـاس رضایـت دارم؛ اول می‌خواسـتم یـک لـب داخـل آن

کارتـن بگـذارم، امـا دلیلی کـه در پاراگراف‌های بعـد احتمـالاً آن را خواهید فهمیـد، البتـه اگـر ایـن زن کچل دوباره وسط روایتـم پیدایش نشـود، باعث شـد یـک نوار کاسـت جای آن لـب را بگیـرد. البته فکـر نکنید همـان لب را هـم همین‌طـوری روی هـوا می‌خواسـتم بـردارم و بـرای سرِهم‌کردن روایتم داخـل کارتـن بگذارم، نـه اصلاً. اگر آن لـب را هم می‌گذاشـتم، قطعاً دلیلی داشـت کـه در پاراگراف‌هـای بعـدی می‌فهمیدید، امـا در اینجا نوار کاست علاقهٔ بیشـتری به حضورش در روایت نشـان داد. حالا دقیقاً آمار فحش‌های رکیکتـان را نمی‌توانـم حـدس بزنم، اما فکـر می‌کنم کمتر از آن چیزی باشـد کـه در پاراگراف‌هـای قبلـی حـس می‌کـردم. در هـر صـورت اگـر هم فحش دادیـد، نـوش جانـم! چـون هیچ‌وقت همـه را نمی‌تـوان راضی نگه داشـت.

شب-داخلی-اتاق خواب

(زن کچل درحالی‌که مچ دستش آویـزان است، تمـام کشـوهای میـز تلویزیون، و دِراور را باز و بسـته می‌کند. نوار کاسـت با دو انگشـت اشاره و حلقه‌اش نگه داشـته شـده است و بـا دست راستش در حال جست‌وجوست. وارد اتاق خواب می‌شـود. همه‌جـا را نـگاه می‌کنـد؛ زیـر تخت، کتابخانه و زیـر و روی همـهٔ اشیـا را می‌گـردد. نگاهـش به کمد دیـواری می‌افتـد و آن را بـاز می‌کند و تمام محتویـات، لباس‌ها، کیف‌ها و کفش‌هـا و هرچیزی را که در آن اسـت، بیرون می‌ریزد. عصبانی اسـت و بـا کسـی که تصویرش دیده و صدایش شنیده نمی‌شود، صحبـت می‌کند.)

زن کچل: پـس این لعنتی کجاست؟ من بوی اشیا را حس می‌کنم. این ضبطِ صـوت هـم بـوی عجیبـی دارد. فقط باید مشـامم را تیزتر کنـم. تو هم که فقـط همین طوری زل بـزن و من رو نگاه کن! اصلاً وضعیت من رو نمی‌فهمی؛ فقـط بـه این دسـت آویـزون فکر می‌کنی که وقت شـام بایـد کوفتش کنی.

(زن کچـل چهارپایهٔ کوچکی را که روبـه‌روی میـز توالـت قـرار دارد، برمی‌دارد، جلـوی کمد می‌گذارد و می‌رود روی آن. دو در بالا را باز می‌کند، دسـتش را کـش می‌دهـد و تلاش می‌کنـد محتویات آن را خـارج کند.)

خـودت بـو مـی‌دهی، نه آن ضبط صـوت. بوی گند پستان‌هایت هنوز تـوی خانـه‌ام پیچیده است. چگونـه به خودت اجازه مـی‌دهی کمدی را کـه مختـص مـن اسـت و خصوصی‌تریـن چیزهایـم در آن قرار دارد، باز کنـی! دلم می‌خواهـد از مـچ دسـت آویزان‌شده‌ات بگیـرمـت و آن‌قـدر شـبیه آتش‌گـردان قلیـان بچرخانمـت کـه تـا آخر عمـرت سرگیجه بخش تفکیک‌ناپذیـر زندگـی‌ات شـود. چـرا نمی‌توانـم این‌هـا را بلندبلنـد تـوی صورتـش بگویـم! چرا باید همیشـه اکثر کلماتـم آن‌قدر توی دلـم بماند و بیات شـود که دیگر حتی خودم هم یادم برود روزی وجود داشته‌اند و قرار بوده است نثار گوشی که حقش بوده شود! من می‌دانم همه‌چیز زیر سر اوست؛ او که پشـت آن میز نشسـته دارد از همان کارهایی می‌کند که برای رمان پیشـینش کرد و داشـت مرا از وسط نصف می‌کرد و حتی داشت کار بـه جاهای باریک‌تر می‌کشید؛ می‌خواسـت مرا زیر خـاک زنده‌به‌گور کند کـه مـثلاً بتوانـد یک چیز خاص برای کسـانی که اصلاً سـراغ نوشـته‌هایش را هـم نمی‌گیرنـد، رو کند. یکی نیسـت این آدم را از پشـت این میز نجات دهـد تـا هر دفعـه با یک سـناریوی متفاوت زندگـی ابزوردش را با شـمایل من به‌سبک اگزیستانسیالیست مبدل نکند. اصلاً نمی‌فهمد که نمی‌شـود هر بار من را شـبیه سـنگی تـوی دسـتان سـیزیف افسـرده‌اش بدهد. اصلاً بگـذار سـیزیف بـدون هیـچ سنگی مدتـی اسـتراحت کند. اصلاً آن‌قدر آلپرازولام بـه حلقـت بریـز شـاید مدتـی بـه خوابی طولانـی بـروی تا من هم تکلیفم روشـن شـود. اگـر موضوع این‌بـار قطعه‌های گم‌شـده‌ام نبود، بلایـی صـد برابر بدتر از آن رمان سـرت مـی‌آوردم که جای تمـام ایکس‌ها و ایگرگ‌هـای جهـان را با هـم قاطی کنی. این زن کچـل با آن دماغش دارد جـای ضبطِ صوت را پیدا می‌کند. تنها یک راه برایم باقی گذاشـته است؛ درسـت اسـت کـه نمی‌توانـم تـوی صورتـش حرف‌هایـم را تف کنـم، اما

می‌توانـم بـا یک لگـد به این چهارپایه از هر جسـت‌وجویی سـاقطش کنم.
همیشـه همین‌قدر عجـول و سـرتق اسـت و بـه عواقب کارهایش فکر نمی‌کنـد. می‌خواهـد زیر چهارپایهٔ او بزنـد، امـا وقتـی مـن خـودم هـم از کارهایی کـه از عهدهٔ آن زن کچل برمی‌آید باخبر نیسـتم، چطـور می‌توانـد ایـن ریسـک را بکنـد! مـن کـه می‌دانـم او خیالش راحت اسـت که مـن و او حتـی اگر گوشـت هم را بخوریم، استخوان هـم را دور نمی‌اندازیـم، اما این بـار فرق دارد؛ من که این زن کچل را وسط روایتی کـه قرار بود بدون حضور او بـه پاراگراف‌هـای دیگری برود، نیـاورده‌ام که بعد از زدن لگـد به چهارپایهٔ او بتوانـم مانـع اعمال و واکنش‌های بعدی او باشـم. اصلاً ممکن اسـت مثلاً بـرای شـام امشـبش تکـه‌ای از او را بخـورد و مـن نتوانم جلـوی خوردنش را بگیـرم. او نمی‌فهمـد کـه بایـد بگذارد آن زن کچل کارهایـش را پیش ببرد و او سـراغ قطعـات گم‌شـدهٔ خودش باشـد. من می‌توانـم توی ناصرخسـرو یا هر بـازار سـیاه و زرد و سـفید و حتـی قرمـزی دزد قطعاتـش را پیدا کنـم، اما اگر تکـه‌ای از او در معدهٔ این زن کچل هضم شـود، کـه نمی‌توانم آن را برگردانـم. او اصلاً بـه مـن کـه پشـت این میـز زندانی‌ام فکر نمی‌کنـد؛ ایـن را از همان رمـان قبلـی‌ام فهمیـده بـودم. وقتی کـم می‌آورد، فقط فـرار می‌کـرد و اصلاً نمی‌فهمیـد کـه شـخصیت‌های دیگـر همین‌طـوری تا چنـد ماه کنار همین میـز منتظـرش می‌نشسـتند و در آخر یکی‌یکـی ناامید می‌شـدند و می‌رفتند. حتـی یکی از شـخصیت‌ها کـه نامـش «آزاد» بود، بعـد از مدت‌ها صبر وقتی دیـد کـه قرار نیسـت این پـروژه تمام شـود، در تیمارسـتان بسـتری شـد. من قرص‌هـای خوابـم را از طریـق او تهیـه می‌کنم، وگرنـه کـدام داروخانه بدون نسـخه روزی یک ورق آلپـرازولام به کسـی می‌دهد، آن هم به من که پشـت ایـن میـز زندانی‌ام! فقط یک راه مانده؛ باید دلهرهٔ شـدیدی توی دلش بیندازم تـا یادش نـرود کـه آن‌قدرها هم زندانی نیسـتم.

شب-داخلی-اتاق خواب

(زن کچل درحالی که خود را روی چهارپایه کش داده و در حال بیرون ریختن وسایل بالای کمد است، ناگهان سرش را برمی گرداند، چشم هایش را گشاد می کند و به جایی نامعلوم در همان حوالی چهارپایه، به کسی که معلوم نیست کیست، خیره می شود و با عصبانیت و نوعی هشدار شروع به صحبت می کند.)

زن کچل: بزن دیگه، چرا نمی زنی؟

(زن با قطعه های گم شده که درست روبه روی نگاه زن کچل قرار دارد، کمی عقب می رود، اطراف خود را نگاه می کند و با خودش حرف می زند.)

زن با قطعات گم شده با خودش: مگه من رو می بینه؟ حالا که می خوام بزنم ساقطش کنم، چشاش وا شد!...

زن کچل: بزن، می گم بزن، نترس بدبخت!

زن با قطعات گم شده با خودش: دارم مطمئن می شم که با منه... مخصوصاً با کلمهٔ «نترس» متوجه شدم دقیقاً داره به من می گه. فکر می کنم فهمیده. زن وحشی و ترسناکیه... باید بزنم، بدون اینکه حرفی از دهنم خارج بشه. عمل از حرف همیشه کارسازتره.

(زن کچـل درحالی که سـرش را به‌سـمت بـالای کمد می‌گیرد، سـری از روی تأسـف تکان می‌دهد و درحالی که نیشـخندی می‌زند، با کسـی که صدا و تصویـرش دیده نمی‌شـود، صحبت می‌کند.)

زن کچـل: تـا این حد بدبختـی و هنوز کینـه داری؟ اون‌بار که تو داشـتی پرده‌هـا رو مـی‌زدی، مـن چهارپایه رو سـفت گرفتـه بودم، هزار بـار هم بهت گفتـه بـودم اون چهارپایـه خودش شکسـت و پرتت کرد پاییـن. حالا اومدی اینجـا هـی تهدیدم می‌کنی با این مـچ آویزون...

زن بـا قطعات گم‌شـده با خودش: من کِی بـرای ایـن زن دیوونه پرده وصـل کـردم کـه بخـوام بیفتـم؟... کلاً ایـن زن بـا خـودش زیـاد حرف می‌زنـه، اما یه جـوری با خودش حرف می‌زنه که انگار خودش، خودش نیسـت، یکـی دیگه‌سـت، ولی این‌بـار آخـه زل زد تـوی چشـام و گفت «نتـرس بدبخت».

(زن کچـل ضبطِ‌صـوت را پیدا می‌کند و همراه بـا آن یک چمدان قهوه‌ای نیـز از بالای کمـد به زمین می‌افتد و تمام محتویاتش که شـامل تعداد زیادی نـوار کاسـت اسـت، در اتاق‌خواب پخش می‌شـود و بـا همان کسـی که صدا و تصویـرش دیده نمی‌شـود، صحبت می‌کند.)

زن کچـل: حالا انتقـام رو بـذار برای یـه وقت دیگـه... الان خیلی کار داریـم. ایـن نوارا رو هم جمع کـن بریز تـوی این چمدون. یادته بـرای اولین بـار کـه دیدمـت، از این چمدون برات گفتم؟ این چمـدون مال وقتیه که هنوز تـوی ایـن دنیـا نبودم...

زن بـا قطعات گم‌شـده با خودش: عجب دزد قهاریه! جلوی چشـام هـم خونـه‌م رو گرفت، هـم آدرس پسـتی و بسـته‌م رو برای خـودش کرد، حـالا هم کـه این چمـدون و محتویاتش رو بـرای خـودش می‌دونه. حتی داره خاطره‌هـای مـن رو هم می‌دزده... تنهـا چیزی که باعث می‌شـه فکر

نکنم که اون دزد قطعات منه، به‌خاطر اینه که اون همون قطعه‌ها رو داشته، اما شروع کرده به خوردنشون، یعنی فقط طعم خودشو دوست داره. اصلاً اگه اون دزدیده بود، باید می‌دیدم که داره می‌خورتشون. نه، این زن وحشی خودش رو به کوری زده تا بتونه کلاً من رو مصادره کنه. می‌دونم همهٔ این‌ها زیر سر اونیه که پشت میزه. می‌خواد کار من رو توی همین روایت تموم کنه، هویتم رو بگیره و بعد هم من رو بکُشه تا دیگه نتونم همه رو توی نوشته‌هاش شورشی کنم... اون دوست داره من بمیرم... من نباید بذارم نه اون و نه این زن وحشی به هدفشون برسن. من باید زودتر قطعه‌هام رو پیدا کنم و از این خونه برم، اینجا دیگه جای من نیست...

اگر بخواهم تنها جایی از روایت را که مفهوم لجاجت و بدبینی و حتی آرامش تا این حد بازتاب زیبایی محض شده است، مشخص کنم، همین پاراگراف قبل است. نگران سقوط آن زن کچل با لگد او بودم. حالا لجاجتش با من و حتی توهم توطئه‌ای که از طرف من برای خودش بافته، انگیزهٔ او را برای پیداکردن قطعاتش برگردانده است؛ چه چیزی می‌تواند بهتر از این باشد که او را از این خانه بیرون بزند! او نمی‌داند لحظهٔ بیرون‌زدنش از این خانه، با تمام قطعاتش، یعنی کامل و بدون نقص، لحظه‌ای است که این میز با تمام محتویاتش که همه در یک انفرادی قرار داریم، آزاد می‌شود. امیدوارم هر خط که پیش می‌روم، این لجاجت و توطئه، البته تنها از این نوع با نتایجی که شرح دادم، بیشتر و بیشتر شود.

شب-داخلی-اتاق خواب

(زن کچـل روی تخـت نشسـته اسـت، اطرافش اشیـاء ریز و درشـت ریخته اسـت و کاسـت‌های زیـادی دوروبَـرش و روی تخـت قـرار دارد و چمـدان قهـوه‌ای نیز بـا دری باز کنارش روی تخت اسـت. زن کچـل ضبطِ صوتی در دسـت راسـتش دارد و با مچ آویزانش کاسـتی را که از پسـت گرفته اسـت، با کمـک دو انگشـت اشـاره و حلقـه در ضبط صـوت می‌گـذارد. زن با قطعات گم‌شـده شـبیه دیگر اشـیاء روی وسـایل روبه‌رویش نشسـته اسـت و خیره به زن کچل و ضبطِ صوت اوسـت. زن کچل بـا کسی که در صدا و تصویر دیده نمی‌شـود، شـروع به صحبت می‌کند.)

زن کچـل: ایـن دو تـا انگشـتم عجـب قدرتـی دارن! می‌بینی، بـا اینکه امشـب قراره نوش جونشـون کنیم، هنوز دارن بهم خدمت می‌کنن! شـاید هم دارن چاپلوسـی می‌کنن تا نخورمشـون... دیگه وقتشـه ببینم اینـی که آدرس مـن رو پیـدا کرده، توی این کاسـت چی برام فرسـتاده... آمـاده باش!

(زن کچـل دکمـهٔ پلِی را فشـار می‌دهد، صـدای مردی از نوار کاسـت پخش می‌شـود)

نـوار کاسـت: اصلاً چیزی نیسـت، نترس... فقـط این چیزایـی رو که بهت

نشــون می‌دم، اسمــشون رو بگو و تکرار کن، تو می‌تونی... بگو... بگو... بگو...
(زن کچل با شــنیدن این صدا رعشــه می‌گیرد، شــروع به لرزیدن می‌کند
و بــا همــان مچ آویزانش ضبط صــوت را با عصبانیت ســوی دیگر اتاق‌خواب
پرتــاب می‌کند. زن با قطعات گم‌شده هنوز خیره به اوست.)

چرا این صدا را نمی‌شناسم؟ اگر این نوار کاست بــه آدرس آپارتمان
من فرستاده شده، باید آن را بشناسم، ولی زن کچل به‌راحتی شناخت، آن
هــم با چند جملــهٔ کوتاه. باید می‌گذاشــت ادامه‌اش را بشــنوم، همین‌طور
خیره بــه آن صدا بــودم که دوباره طبق خودخواهی همیشــگی‌اش اصلاً
خیرگی مــرا ندیــد و همــان موقع کــه دلــش را زد، آن را پــرت کــرد. اصلاً
حواسش نیســت کــه این‌هــا وسایل من‌انــد و هر کجــا دلــش می‌خواهد
پرتشــان می‌کنــد، و اصلاً هــم برایــش مهــم نیســت که دیگــر قابل‌استفاده
نباشند. بایــد خــودم در فرصتــی مناسب ادامهٔ نــوار را بشنوم، شــاید
اطلاعات بیشــتری بدهد و بتوانم آن صدا را بشناســم. کاش می‌شــد از آن
زن کچــل بپرسم آن صدا کیست که این‌گونه او را به رعشــه انداخت، اما
نه... فقط کافی‌ســت احســاس کند بــه حافظهٔ او محتاجم تا برای همیشــه
بابــت بازیابی خاطراتــم کنارم بمانــد، اگرچه با این شــیوهٔ خوردنی که او
پیش گرفتــه، همیشــه‌ای برایش وجــود ندارد.

نمی‌دانــم چــرا تا این حد ســردم شــده؛ چیــزی از جنس رعشــهٔ زن کچل
در مــن رسوخ کــرده است. کاش کمــی دیرتــر این صــدا را به روایــت اضافه
می‌کردم. همــه‌اش تقصیــر آن زن تخس بــا قطعات گم‌شــده است که مدام
بــا ناامیــدی‌اش و عجول‌بودنش، سیســتم ایمنــی روایت را پایین می‌آورد. چرا
متوجه نیست که اگــر با این سیســتم ایمنی معیوب دچار حمله‌های شــدید
شــوم، چه کســی می‌تواند او را به قطعات گم‌شده‌اش برســاند و برای همیشه از
ایــن خانــه آزادش کند؟ عجیب اســت که صدا را نمی‌شناســد. اتفاقاً این صدا

را فقـط بـرای ایـن گذاشـتم که او بشناسـد. حـالا مـن و زن کچـل آن را کامـلاً می‌شناسـیم و او که باید برای ادامهٔ روایت آن را بشناسـد، آلزایمر گرفته اسـت. البتـه آن صـدا همیشـه در خواب‌هایـش از تمـام زوایـای بدنش بیرون می‌زد، شـاید این فراموشـی مکانیسـم دفاعی او باشـد، شـاید ناخودآگاهش دوسـت نـدارد آن صـدا را بـه خاطر بیـاورد. حق دارد، مـن هم اگر بـودم، آن صدا را در اعمـاق بدنـم دفن می‌کـردم، اما برای آزادی، گاهی باید به‌شـدت زندانی شـد.

شب-داخلی-اتاق پذیرایی

(زن کچـل پشـت میـز غذاخوری نشسـته اسـت. مچ آویزان‌شده دیگر سـر جای خودش نیسـت. در بشـقابی که وسـط میز قرار دارد یک عدد دسـت از ناحیـهٔ مچ بـا دو انگشـت حلقه و اشـاره بـا تزئینات سبزی و سـس قـرار گرفته اسـت. یک بشـقاب روبه‌روی زن کچل اسـت و یک بشـقاب سـوی دیگر، و زن بـا کسـی کـه صـدا و تصویرش دیده نمی‌شـود، صحبـت می‌کند.)

زن کچل: خودشـون خوردنشـون رو جلو انداختن. مـن حالاحالاها قصد خوردن اینا رو نداشـتم، می‌خواسـتم بـا قسـمتای دیگه مدام سـورپرایزت کنم، امـا قصد فرار امروزشـون باعث شـد که وعده‌شـون امشـب باشـه. البته اینکه پختمشـون، به‌خاطـر تنبیه بود، امـا نباید این‌قدر زود تسـلیم می‌شـدن. ناگفته نمونـه اون ضبـط هـم مقصـره، چون وقتی داشـتم اون صدای لعنتی رو پرت می‌کـردم سـمت دیوار که ضربـهٔ مغزی بشـه، این دوتا انگشـت بیچاره قربونی شـدن. البته من بهشـون آفریـن می‌گم، چون می‌دونسـتن خوردنشـون دیر و زود داشـت، اما سـوخت و سوز نداشـت. اینکه فریب بازی سرنوشت رو نخوردن، خودش یه جور شورشـه... بریز دیگه! می‌گم انگشـت اشـاره برای تو، انگشت حلقـه برای مـن... حداقل بذار دهنم و معده‌م طعم اشـتراک رو بچشـه.

نمایـش مسـخرهٔ این زن کچـل پایان نـدارد. من باید زودتر خـودم را از این دیوانه‌خانه و از دسـت آن کسـی که پشـت میـز زندانی اسـت، نجات دهـم. او ایـن خانه را کاروان‌سـرا کرده و هر کسـی را که دلـش بخواهد راه می‌دهد، آن هم فقط برای کینه‌ای که از رمان قبل شـبیه شـتری درونـش راه می‌رود. بـوی گند بدن این زن هم دارد کلافه‌ام می‌کند؛ از آن بوها نیسـت کـه در زباله‌هـا یـا در توالـت یـا هر مکانـی که خانهٔ تعفن اسـت، به مشـام می‌رسـد، نه اصلاً... ترکیب مرموزی از بوهایی اسـت مثل وقتی که آتشـی روشـن کرده باشـید و درون آن مثلاً عکس‌هایی را بسـوزانید، یا وقتی شیشهٔ ادکلن خالی‌ای را که سـال‌ها نگه داشته‌اید، در دقیقـه‌ای به زمین بکوبید، یـا مثـل وقتی کـه در هوایـی سـرد دسـت‌هایتان را روی همان آتـش آن‌قدر گرفتـه باشـید که یک‌دفعه از سوزشـش خودتان را به عقـب پرتاب کنید، آن هم نه به‌خاطر اینکه دسـتتان سـوخته اسـت، نه اصلاً... به‌خاطر اینکه فرو رفته باشـید در عمـق تصاویری کـه معمولاً در خواب‌هایتـان بالا می‌آورید، امـا گاهی همان تصاویر مبهم لابه‌لای بیداری‌تان سـرک می‌کشـد و یادتان می‌رود کـه دسـت‌هایتان روی آتش اسـت... بـدن این زن کچل وحشـی از ایـن بوهایی کـه برایتان شـرح دادم می‌دهد. البتـه این‌ها را آن کسـی که پشـت میـز نشسـته اسـت باید برایتان بگوید، اما چون خودم دیدم دو عدد آلپرازولام همین چند دقیقهٔ پیش وارد دهانش شـدند، مطمئن بودم یادش می‌رود کـه این‌هـا را به شـما بگوید. باید آن نوار کاسـت را جـدی بگیرم، یعنی در اصـل صـدای درونـش را. نبایـد یادم بـرود که آن صـدا برای من ارسـال شـده اسـت. مهـم نیسـت آن زن با شـنیدنش رعشـه گرفت و مثلاً ادعـا می‌کند کـه آن صـدا را می‌شناسـد. الان وقت مقایسـهٔ حافظه‌ام با حافظهٔ آن زن کچـل نیسـت. مـن تنهـا بایـد علت حضـور این صـدا را در خانـه‌ام کشـف کنم، شـاید این صدا مرا به قطعات گم‌شـده‌ام برسـاند.

بیشـتر از آن حـدی کـه تصـورش را می‌کـردم سـردم است؛ درسـت در وسـط تابسـتان، یک زمسـتان غلیـظ دارد وارد مویرگ‌هـای ایـن میـز و این انفـرادی می‌شـود. دو عـدد آلپرازولام شـاید بتوانـد گرمم کند. سال‌هاسـت دیگـر خورشـید حتـی در گرم‌ترین حالت حضـورش هم نمی‌توانـد رسـالت خودش را بر روی بدنم انجام دهد، مثلاً دلم می‌خواسـت از گرمای زیادش وقتـی اشـعه‌هایش را در تنـم فـرو می‌کنـد در عرق‌کردن‌هـای پی‌درپی غرق شـوم، امـا سال‌هاسـت تنهـا از سـرمای شـدید قندیل می‌بندم و آلپـرازولام می‌توانـد کمـی از آن قندیل‌هـا را شـبیه عـرق از پیشـانی‌ام یـا قسـمت‌های مختلـف بدنـم آب کند. آن صدا روایتم را دچار پریشـانی کرده اسـت، برای همین، قسـمت روایت «بو» را به آن زن با قطعات گم‌شـده سـپردم. نمی‌دانم فرصـت رهایـی از ایـن میز را پیدا می‌کنم یا نه... فقط بـه رفتن او از این خانه پـس از پیداکردن قطعاتـش، امیـدوارم. بایـد تا پیداشـدن آخریـن قطعه‌اش پشـت این میز زنده بمانم.

ضبطِ‌صـوت را برمی‌دارم و روی تخت می‌نشـینم، بایـد دوباره آن صدا را بشـنوم. راسـتی، یادم رفت بهتان بگویم، خیلی خـوب می‌دانم که نوبت پاراگـراف و روایـت مـن نبـود و بایـد آن زن کچـل بـا یـک سـکانس دیگر وارد روایـت می‌شـد، امـا بـدون نوبـت بـا تفویض اختیار کسـی که پشـت میـز نشسـته اسـت، اینجـا ظاهر شـدم. کم‌کم دارد همهٔ مسـئولیت‌ها را به گـردن مـن می‌انـدازد. نمی‌دانـم خودش را بـه مریضی زده اسـت یـا واقعاً آلپرازولام‌هـا کار خودشـان را کرده‌انـد. در هـر صـورت، مـن نمی‌توانم هم دنبـال قطعاتـم بگـردم، هـم ایـن زن کچـل را تحمل کنـم و هم با شـما که داریـد ایـن روایـت را می‌خوانیـد، صحبـت کنم. البتـه هر کجا کـه کاری از دسـتم بربیایـد، انجـام می‌دهـم، امـا اولویتم همین اسـت کـه می‌بینید؛ همیـن ضبطِ‌صوت که بایـد آن را روشـن کنم و رد صـدای درونش را بگیرم.

آن زن کچل هم همچنان مشغول خوردن خودش است. نگران او نباشید، شک نکنید خیلی زود با سکانس‌های مسخره‌اش برخواهد گشت.

راست می‌گوید، آن زن کچل مجبور به آمدن با سکانس‌هایش است. اگر به‌نظر او یا شما مسخره می‌آید، نمی‌دانم چه باید بگویم، چون او را من وارد این روایت نکرده‌ام. او می‌بایست باشد که هست. شبیه همین میز که باید باشد و هست. شبیه همین تاریکی که محصول نسبت‌های این آپارتمان است، و حتی صدای جیغی که از لای پنجره توی گوش‌هایم می‌پیچد؛ این روایت همسایهٔ کناری دلش می‌خواهد به این پاراگراف رخنه کند، اما من تنها به‌اندازهٔ یک جیغ می‌توانم به او اجازه دهم، زیرا فرصت زیادی برای ماندن در این انفرادی ندارم. این را هم زن با قطعات گم‌شده راست می‌گوید؛ فکر می‌کنم آلپرازولام‌ها کار خودشان را کرده‌اند و من اختیار بیشتری به او داده‌ام تا بی‌نوبت وارد روایت شود و حتی جای من با شما صحبت کند. البته این اتفاق دائمی نیست، چون اثر آلپرازولام معمولاً چند ساعتی روی من و روی این روایت می‌ماند.

نوار کاست: اصلاً چیزی نیست، نترس... فقط این چیزایی رو که بهت نشون می‌دم، اسمشون رو بگو و تکرار کن، تو می‌تونی... بگو... بگو... بگو...

پس چرا جلوتر نمی‌رود؟ فقط همین جمله‌ها پشت هم در این نوار تکرار می‌شود. چقدر به آن زن کچل بَدوبیراه گفتم که نگذاشت ادامه‌اش را بشنوم. بابت این قضاوتم چند سکانس به او اجازهٔ حضور می‌دهم. چرا هر بار که بیشتر این صدا را می‌شنوم، از حالت جمله خارج می‌شود و شبیه یک اتمسفر، یک فضای مه‌آلود خودش را نشان می‌دهد؟ گویی فقط صدا نیست؛ یک اقلیم است، یک منطقهٔ مشخص اما بی‌آغاز و بی‌پایان. حتی شاید باورتان نشود، ادعای جسم‌شدن دارد

و می‌خواهـد دسـت و پـا و چشـم دربیـاورد. حتی ادعـای ایـن را دارد که دسـت‌های مـرا بگیـرد و وارد این نـوار کند. لمس دسـت زمختش را حس می‌کنـم؛ دسـت مردانه‌ای اسـت که حس لامسـه‌ام آن را می‌شناسـد، اما خودم نه. نه این صدا را می‌شناسم و نه این دسـت زمخت را... آن کسـی کـه این نـوار را برایم فرسـتاده، حتمـاً می‌خواهد چیز مهمی بگوید. شـاید ایـن مـرد بـا آن دزدی کـه قطعاتـم را دارد در بازارهای سیاه و سـفید و زرد و حتی قرمـز می‌فروشـد، ارتبـاط داشـته باشـد. نمی‌دانم آن‌که پشـت میز اسـت چه نظری دارد. نمی‌دانم او راضی اسـت که با ایـن مرد به اقلیم نوار بـروم؛ یعنـی با او بـروم به جایی که صـدا از آنجـا می‌آید...

روز-داخلی-تونل

(زن با قطعات گمشده با تی‌شرت قرمز و شلوار جین، دستش در دست مردی که سرتاسر لباس سیاه پوشیده و در تونلی طولانی که نوری کوچک در انتهای آن مشخص است، در حال راه‌رفتن‌اند. چهرهٔ هیچ‌کدام دیده نمی‌شود و تنها تصویر حرکتشان از پشت مشخص است. تونل تاریک است و آن نور کوچک در انتهای تونل، تنها به تشخیص آن‌ها کمک می‌کند؛ انگار صحنهٔ تئاتری باشد و نور صحنه تنها بر روی کاراکترهای اصلی افتاده باشد. هر دو به‌سوی انتهای تونل در حرکت‌اند.)

هنوز من زنده‌ام و فقط کمی خوابم برد. بدون مشورت با من دست او را گرفت و به جایی که خودم هم نمی‌دانم چه اتفاقی در انتظارش خواهد بود، رفت. اصلاً جنبهٔ اعتماد و اختیاری را که برای ادامهٔ روایتش به او دادم، نداشت. کسی نیست به او بگوید سکانس به‌این مهمی را باید زمانی که من در خوابم روایت کنی! تقصیر خودم است؛ خودم می‌خواستم انگیزه‌اش برای جست‌وجو آن‌قدر بالا برود که بتواند این خانه را برای همیشه ترک کند، اما ریسکِ هر راهی را باید در نظر می‌گرفت. شاید از راه دیگری می‌توانست کم‌ریسک‌تر عمل کند. من

ایـن تونل را گذاشتـه بـودم برای وقتی کـه هیچ راهی پیدا نشـود، نه اینکه تا آن صـدا دسـت‌هایش را بـه او داد، او هـم تن به گرفتنش دهـد. به‌هرحال، ایـن هـم تـاوان تن‌دادنم بـه این انفـرادی، به آلپـرازولام، بـه هرآن‌چیزی که می‌دانسـت سیسـتم ایمنی‌ام اشـتهای عجیبی به تخریبم دارد. باید به او که هنـوز جوان است و میل به پایـداری و تکمیل بدنش دارد، اجازۀ ریسـک بدهـم. آن زن کچـل هـم که هر وقت بخواهد سـروکلّه‌اش پیدا می‌شـود. این را هم بد نیسـت بدانید؛ شـب که می‌شـود چشم‌هایم چند برابر بازتر می‌شـوند درحالی‌کـه روزهـا تقریباً بسـته است. حتی می‌توانـم بگویم شـب‌ها جمجمه‌ام انگار یک چشـم بزرگ اسـت کـه همه‌چیـز را می‌بیند، حتی اگر تعینی نداشتـه باشـد. مثلاً همین الان دارم تو را می‌بینم که پشـت سـرم با سـاطوری حرکات آکروباتیک را برای کسی نشـان می‌دهی که از ابتدا می‌دانسـتم ماری درونش رشـد می‌کند. صدای تشویقش را می‌شنوم کـه برایت کف می‌زند. به‌هرحال هر کسـی بایـد راهی برای پایـداری و بقا بیابـد. بـاور کنید اگر روبه‌روی سـرم نمایشـتان را اجـرا کنید، خـودم هم برایتـان کـف خواهـم زد به‌همراه تمـام شـخصیت‌های رمانم. حتی به آن زن کچـل هـم که یک دسـت نـدارد، خواهم گفت دسـت راسـتش را مدام روی میـز بکوبـد برایتـان، و حتـی بـه آن زن بـا قطعـات گم‌شـده خواهـم گفت دسـتش را از تـوی دسـت آن مرد دربیـاورد و یک دقیقـه برایتان کف بزنـد. می‌دانیـد که در تونل صـدای کف‌زدن چنـد برابر انعـکاس می‌یابد. البته می‌دانم شـما از اهالی پشـت سـرم هسـتید و روبه‌روی سـرم متعلق به کسـانی اسـت که از چشـم‌هایم واهمـه‌ای ندارند. کاش شـبیه همین‌هایی بودیـد کـه دارند این روایت را در چشـم مـن می‌خوانند.

روز-خارجی-کوچه

(زن کچل با عصایی در دست راستش درحالی‌که پای راستش از زانو قطع شده است، با کیسه‌ای که روی کتفش انداخته و درون آن سبزی و دو عدد سس قرمز و سفید دیده می‌شود، در حال حرکت است. روی سرش پوستیژ قرمزرنگ دارد، لب‌هایش را سرخ کرده و گونه‌هایش هم سرخ است. تی‌شرت قرمزی بر تن دارد با یک شلوار جین که یک لولهٔ شلوارش شبیه شلوارک کوتاه شده است. چهره‌اش آرام است. به در خانهٔ زن با قطعات گم‌شده می‌رسد. در باز است و او وارد می‌شود.)

روز-داخلی-آپارتمان زن با قطعات گم‌شده

(زن کچـل بـا عصایی در دست بـه‌سوی آشپزخانه می‌رود. کیسـه را روی کابینـت می‌گذارد و بـا عصـا بـه‌سـوی پذیرایـی بازمی‌گردد و روی کاناپـه می‌نشـیند. پوسـتیژ را از سـرش برمی‌دارد و بـا پرتابـی نـرم بـه‌سـمت وسـط پذیرایـی، پوسـتیژ قرمز کنار پوسـتیژ بلوند و تـاپ قرار می‌گیرد و با کسـی که صـدا و تصویـرش دیـده نمی‌شـود، شـروع بـه صحبـت می‌کند.)

زن کچـل: تـو اصلاً کمـک نمی‌کنی... فقط بلدی مفـت بخوری و مفت بچرخی! مگـه خودت قرار نیسـت امشب این پـا رو کوفت کنی؟ حداقل مخلفاتـش رو خـودت بخـر. ندیـدی مگـه بـرای جداکردنـش چـه رنجـی کشـیدم؟ اصلاً خیال کنده‌شـدن نداشـت، مدام می‌گفت با پای چپ شـروع کـن... ندیـدی بـه‌زور راضی‌ش کـردم کـه وقتی دسـت چپ نـدارم، خوب نیسـت پای چپ هم نداشـته باشـم؟ نمی‌خوام هارمونی از بین بره. حالا هم اونجـا نَشـین خیـره به مـن زل بزن. بلند شـو اون پـا رو از تـوی یخچـال بردار بنـداز تـوی قابلمه، پختنش خیلـی طول می‌کشـه. می‌دونی که کلـی راه باید باهـاش پخته بشـه. یه قابلمهٔ بـزرگ بـردار که وقتی غُل‌غُل می‌زنه، راه‌ها ازش بیرون نزنـن، می‌خوام همه‌شـون پخته بشـن...

چرا پیدایش نیست، باید خبری از خودش بدهد. نوبت روایتش شده و حتی زن کچل یک سکانس اضافی‌تر برای خودش برداشت. باید پیدایش شود، و اِلّا کل روایت را این زن کچل با تمام عضوهایش می‌گیرد. شک ندارم اتفاقی برایش افتاده است، چون هر اخلاق گندی هم داشته باشد، به‌هیچ‌وجه بدقول و بی‌تعهد نیست، مخصوصاً که می‌داند اختیار بیشتری به او داده‌ام و نسبت به این روایت و همان کسانی که چشم در چشم من‌اند، مسئول است. من می‌دانستم راهی که می‌رود ریسک بالایی دارد. لعنت به این قرص‌ها که باعث شدند افسار این روایت دست این زن با قطعات گم‌شده‌اش بیفتد که بسیار هم دوستش دارم و می‌دانم که لجوج و سرسخت است، اما تمام گرفتاری‌اش از من است. حتی کاری کرده‌ام تا به‌جای آنکه صفات ویژه‌اش موجب عزت نفس و اعتماد او شوند، موجب ترس و اضطرابش شوند. البته من مقصر نیستم؛ شما قضاوت کنید کسی که سال‌ها در انفرادی باشد و به‌اندازهٔ یک میز اجازهٔ حرکت داشته باشد، چگونه می‌تواند او را که لیاقتش آزادی است، به حقش برساند؟ حالا هم که دستش در دست‌های کسی است که معلوم نیست او را به کجا خواهد برد. باید خبری از خودش بدهد. نمی‌توانم به این روایت فرمان ایست بدهم تا زمانی‌که او برگردد. شک ندارم اگر زودتر سروکلّه‌اش پیدا نشود، این زن کچل تمام روایت را با سکانس‌هایش پر خواهد کرد.

شب-داخلی-پذیرایی

(فضـای پذیرایـی را بخـار غلیظـی گرفتـه اسـت. زن کچـل میـان بخارهـا درحالی‌که عصا در دسـت دارد، بـا آن حالـت رقص‌گونـه گرفته و بـا تکیه‌گاهی کـه عصـا بـه او داده اسـت، دور آن می‌چرخـد و قهقهه می‌زنـد و هرازگاهی با دهانش کِل می‌کشـد. بخارهـای داخل پذیرایی هم حالـت چرخـان گرفته‌اند و دور او می‌چرخنـد. زن بـا کسـی کـه صـدا و تصویـرش دیـده نمی‌شـود، صحبت می‌کند.)

زن کچـل: ببیـن چه‌جـوری دارن عربـده می‌کشـن! هر نعره‌شـون به من انرژی عجیبـی مـی‌ده. چـرا این طـوری نگام می‌کنی؟ نمی‌تونی ببینی منم خوش‌حـال باشـم؟ می‌دونی همـهٔ رقص‌هـای جهـان اومـده توی تنم. ببین یـه صـدای جیغی وسـط نعره‌ها نمی‌ذاره خوش‌حالی‌م تکمیل بشـه. همیشـه خشـک و تـر بـا هـم می‌سـوزن. اگر قـرار بـر ویرونی کامل باشـه، این جیغ هـم داره از گلـوی همـون راهی بیرون میاد کـه با هم کلی خاطره‌های خوب داریـم، یعنـی می‌دونی از اون راه‌ها کـه مجبور نکرد هیچ‌وقت بـه‌زور من رو سـربه‌راه کنه. اون راه گذاشـت خودم راهش رو پیش خودم ببرم، عبور بدم خودم رو تـوش. فقط من بودم کـه تـوی اون راه عابر واقعی بودم. اونایی کـه دارن از توی

قابلمـه عربـده می‌کشـن، از اون راه‌هایی بودن کـه اونا عابر من بـودن، نه من عابـر اونـا، مجبور به عبورشـون بودم. کاش می‌شـد پام رو تصفیـه می‌کردم، یعنـی تکنولـوژی اون‌قدر پیشـرفت کرده بود کـه نیاز نبود برای خلاص‌شدن از خاطرات پاهـات، تن به نبـودن کاملشـون بدی. مـثلاً دسـتگاهی بود که می‌شـد پاهـات رو تـوش بنـدازی، اون راه‌هایـی کـه گام‌هات به‌زور توشـون حرکـت کـرده بودن، همـه تصفیه می‌شـدن و فقط پاهـات می‌مونـدن و همون یـه راهـی کـه بهـت گفتم داره از تـوی قابلمه جیـغ می‌زنه.

هنـوز هیـچ خبـری از او نیسـت، این زن کچل هـم که افتاده بـه جان این روایت و راحت سکانس به سکانس دارد خودش را پیش می‌بـرد. بله، دقیقاً درسـت می‌گویـد، ولـی خودش هـم دارد این روایت را مجبور بـه عبورش می‌کنـد، بایـد دو طـرف یـک رابطـه و پیوند بـا هـم بخواهند که راه مشـترکی را بروند... کـم مانـده جیـغ ایـن روایـت هـم از درون قابلمـهٔ او بلند شـود. نگرانشـم، حتمـاً تا الان باید آن تونل تمام شـده باشـد. هیچ راه تماسـی هم با او نـدارم. حتـی اگر گوشـی‌اش را هم بـرده بود، جایی که او رفته اسـت، هیـچ آنتنـی نـدارد. فقط تنهـا راه اتصالمان کلمات اسـت. باید هر چه زودتر چند کلمـه از خـودش به این روایت مخابـره کند. چقدر این انفرادی تنگ‌تر شـده اسـت. بعیـد می‌دانـم بـا این رونـد کوچک‌ترشـدنی کـه گرفته اسـت، بتوانم بیشـتر از این منتظـرش بمانم.

می‌خواسـتم تـا زمانـی کـه خبـری از او برسـد، هر صفحـه از نیامدنش را کـه معادل یک دقیقه اسـت، در این روایت خالی بگـذارم، اما می‌دانم آن زن کچل صفحات سـفید را اشـغال خواهد کرد و نخواهد گذاشـت تا کلماتِ او برسـند و مـا چند صفحه منتظر بمانیم. بـرای همین مجبور به نوشـتنم تا زن کچل سـکانس‌های بیشـتری را در چشـم‌هایتان فرو نکند. منظورم این نیست کـه اسـتبداد را بر این روایت حاکم کنم، نه اصلاً... اتفاقاً می‌خواهم به‌سـهم

خودش قانع شود. به‌نظرم بهتر است یکی از همین نوار کاست‌هایی را که دور این میز ریخته است، بردارم و تا زمانی‌که از او خبری شود، یک آهنگ برایتان بگذارم. البته ضبطِ‌صوت دورتر از من روبه‌روی میز و درگاه در اتاق‌خواب افتاده است. زمانی‌که آن زن کچل آن را پرتاب کرد، به من نزدیک‌تر بود، اما با رفت‌وآمدهایش بدون توجه به آن ضبطِ‌صوت که جان دارد، انتقام صدای درونش را از او گرفته و پاس‌کاری‌اش کرده است، اما شاید بتوانم با عصایی که کنار دست راستم است، آن را به خودم نزدیک‌تر کنم. همگی شما می‌دانید، یعنی شماهایی که چشم در چشم من دارید، می‌دانید که من پشت این میز زندانی‌ام و نمی‌توانم حتی به‌اندازهٔ چند گام از خودم دورتر شوم. بگذریم، مهم این است با این کار، هم صفحه برای ابراز وجود زن کچل باقی نمی‌ماند، هم می‌توانیم تا آمدن خبری از او، من و شما کمی از روایت فاصله بگیریم.

شب-داخلی-اتاق خواب

(زن پشت میز با دست راستش عصایی را که در سمت راست به تخت تکیه داده است، برمی‌دارد و از روی میز به‌سمت ضبطِ صوت می‌گیرد و آن را سمت میز هدایت می‌کند. کمی که ضبطِ صوت به میز نزدیک می‌شود، دست راستش را از زیر میز کش می‌دهد و دستۀ ضبط را می‌گیرد و روی میز قرار می‌دهد. نگاهی به اطراف می‌اندازد و یک نوار کاست را که تصویر زنی بر روی آن است، برمی‌دارد و داخل ضبط قرار می‌دهد و صدای آن را زیاد می‌کند.)

ظلم ظالم، جور صیاد / آشیانم داده بر باد

ای خدا! ای فلک! ای طبیعت! / شام تاریک ما را سحر کن

زن پشت میز: باید من رو ببخشین که آهنگ رو قطع کردم، چون می‌خواستم اون رو عقب بزنم و به اول آهنگ برسونم و این رو هم بهتون بگم که اصلاً با هیچ نوار کاستی تبانی نکردم که حتماً این آهنگ رو پخش کنه. اونی که صاحب این نوارهاست، کلاً قمر رو دوست داره.

(زن پشت میز درحالی‌که ضبط را روی میز قرار داده است، با دست راستش دکمۀ برگشت آهنگ را می‌زند، چند بار دکمۀ پِلی را می‌زند و در جایی

که درست بـه ابتدای آهنگ رسـیده اسـت، می‌گـذارد تا آهنگ پخش شـود.)

مرغ سحر ناله سر کن / داغ مرا تازه‌تر کن

زآه شرربار این قفس را / برشکن و زیر و زبر کن

بلبل پربسته ز کنج قفس درآ / نغمۀ آزادی نوع بشر سرا

وز نفسی عرصۀ این خاک توده را / پر شرر کن

ظلم ظالم، جور صیاد / آشیانم داده بر باد

ای خدا! ای فلک! ای طبیعت! / شام تاریک ما را سحر کن

نوبهار است گل به بار است / ابر چشمم ژاله‌بار است

این قفس چون دلم تنگ و تار است

(زن پشت میز با شنیدن صدایی دکمۀ خاموش ضبط را فشار می‌دهد.)

زن پشـت میز: مجبور شـدم که خامـوش کنم، یه صدایی میاد. شـما هم مثل من می‌شنوید؟

صداهایـی درهـم از دور: روح بلنـد پیشـوای مسـلمانان، بگـو بگـو، تـو می‌تونـی و رهبـر آزادگان جهـان، کجا ببرمت وسـط ایـن مصیبت؟ حضرت امـام خمینـی، تـو می‌تونـی، هرچـی مـن می‌گم تکـرار کن، به ملکـوت اعلی پیوسـت، بگو بگـو، تـو می‌تونی...

زن پشـت میز: صـدای همونـه، فقـط خـودش رو لای یه صـدای دیگه پنهـون کـرده؛ همونی که دسـت اون رو گرفـت و با هم رفتن تـوی تونل. باید صفحـه رو آمـاده کنم، شـاید می‌خـواد از خودش خبـری بده.

زن بـا قطعـات گم‌شـده: صـدای مرغ سـحر میـاد، انگار قمـر داره بیخ گوشـم می‌خونتـش. بایـد یـه خبـری رو خیلـی سـریع بهتـون بدم تا اون نیومـده... مـن همونـم کـه چنـد پاراگراف پیـش بودم، بـاور کنید، اما یه اتفاقـی افتاد؛ از تونل کـه خارج شـدیم، یک‌دفعه دسـتام کوچیک شـدن، پاهام کوچیک شـدن، کلاً کوچیک شـدم، اندازۀ دختـرای ده‌سـاله، شـاید

هـم نه‌سـاله. اینجـا که تقویـم ندارم یا اِنت نیسـت که چک کنـم. چی دارم می‌گم! یه سـاعت خشـک‌وخالی هـم نیسـت که بفهمم دقیقاً الان سـاعت چنـده... یـه چیزی بهتـون بگم شـاید باورتون نشـه؛ وقتی رسـیدم این‌ور تونـل همـهٔ قطعه‌هـام برگشـتن، البته نـه اینکه جایی لخت شـده باشـم که ببینمشـون، نـه، حسشـون می‌کنم، حسـابی هـم برگشـتن. فقط اونا هم خیلـی کوچیک‌ن؛ می‌دونیـن کـه، انگار هنـوز زن نشـدن. اون قطعه‌هـا هنـوز دلشـون می‌خواد تـوی حیاط لی‌لی‌بازی کنن، خاله‌بازی کنن، دکتربـازی رو کلاً دوسـت نـدارم، ولی خب اونا بدشـون نمیـاد دکتربازی هـم بکنـن، اما من دوسـت نـدارم، کلاً از دکترا خوشـم نمیـاد، چون توی همه‌جـای بدنـت وارد می‌شـن، حتـی شـکل بـازی می‌گیرن و خودشـون رو پـرت می‌کنـن وسـط بـازی ماهـا... می‌دونی کـدوم دکتـرا رو می‌گم؟ اونایی که فقط بلـدن فضولی کنن توی بدنت، اونایی که اسمشـون دکتره، ولـی اهـل درمان نیسـتن فقط اهـل فضولی‌ان... فکـر کنم اسمشـون رو گذاشـتن دکتـر تـا بـا اون دکتـر خوبا قاطی بشـن و شـناخته نشـن... ولی مـن هر چیـز قلابی‌ای رو خوب تشـخیص مـی‌دم... داره میـاد، باید زود برم... حواسـتون باشـه بـه اون‌که پشـت میز نشسـته بگین نباید مـن رو به ایـن راه می‌فرسـتاد... می‌دونـم خودم دسـت اون رو گرفتم، ولـی اگه اون نمی‌خواسـت، هیچ‌وقـت راهـم بـه اینجا نمی‌کشـید... امـا راسـتش رو بخوایـن، ازش تشـکر هم بکنیـن، یه جورایی اینجا خوبه قطعه‌هـام باهام هسـتن. می‌دونیـن چیـه، یه جوری باهام هسـتن کـه انگار وجـود واقعی دارن. آخـه اون‌موقـع کـه اون دزد بـه بدنم نزده بـود هم، مـن قطعه‌هام رو حـس نمی‌کـردم، کلاً تـوی انگلیسـی بهترین مابـه‌ازا رو داشـتم، یـک **It** واقعـی... داره میاد بایـد، برم...

بالاخـره برگشـت، امـا چیزهایـی کـه در پاراگرافـش گفت، اصلاً خوب

نیست. نباید به‌هر قیمتی حتی اگر قیمتش حس‌کردن قطعه‌هایش باشد، آنجا بماند. اینکه کوچک شده است هم اصلاً چیز جالبی نیست. سال‌ها در همین آپارتمان سرش را گرم نکرده بودم که یک‌دفعه یک نفر از راه برسد و بـدون مقدمـه او را با تصاویر و صداهایی مواجه کند که سـال‌ها چشـم‌ها و گوش‌هایش را بـه روی آن‌ها بسـته بودم. آن زن کچل مقصر است که باعث شـد این ریسـک را بپذیرد و دست‌هایش را در دست‌های کسـی بگذارد که او نمی‌دانـد کیسـت. فقط من می‌دانم آن دست و آن صدا متعلق به کیسـت و نمی‌دانـم چـرا نمی‌توانم خیلـی صریـح بـا کلمـات او را بـه شـما معرفی کنـم. بـرای معرفی‌اش بایـد سکانسـی به یاری‌ام بیایـد، این بخـش را خود شخصیت‌ها بایـد در قالب سـاختار روایت بیـان کنند.

یـک نفـر دارد پهلـوی این روایـت را سـوراخ می‌کند و قصـد ورود دارد. بـالای سـرش هـم کبوترهـای زیـادی پـرواز می‌کنند. یـک بخش از رمانی کـه هیـچ‌گاه تمام نشـد، همان رمـان «ایکس مسـاوی ایگرگ» کـه آن زن با قطعـات گم‌شده‌اش از آن گریخـت و نگذاشـت به پایان برسـد، می‌خواهد بـه ایـن رمان نشـت کند. نمی‌توانم مانعشـان شـوم، او مقصر اسـت؛ او که کوچک شـد و باعـث شـد که کبوترهـا بـرای آن دختـرک خبر ببرنـد و حالا می‌خواهـد بـه این رمان وارد شـود. نمی‌توانـم این حـق را از او بگیرم، چون ایـن روایـت را شـما خواهیـد خوانـد، امـا آن دختـرک در آن رمان نیمه‌کاره موهایش شبیه دندان‌هایش سفید خواهد شـد و در فولدری خواهد پوسید، باید بـه او اجـازهٔ ورود بدهم.

شب-داخلی-اتاق‌خواب

(دخترکی ده‌ساله شاید هم ‌ نه‌ساله، با دو عدد تخم کبوتر و حجم زیادی از کبوترهایی که بالای سرش پرواز می‌کنند، وارد روایت می‌شود و وارد این اتاق؛ تی‌شرت قرمز بلندی بر تن دارد که متناسب با سن او نیست. پاهایش لخت است، تنش خاکی است و موهای مجعدش که تا گردن می‌رسد، ژولیده است. روبه‌روی میز دوزانو می‌نشیند.)

دخترک: چطوری تونستی اونجا ولم کنی؟ مگه ندیدی هر روز مجبور بودم از اون تپه بالا برم و این دو تا تخم کفتر رو هم ببرم اون بالا که اون برام درست کنه؟... مگه ندیدی پاهام و دستام زخمی شدن؟ همون موقع که اون تپه داشت از قصد من رو پرت می‌کرد که از شرِ اون دستای زمخت راحت بشم. یه دفعه اون دست من رو گرفت و نذاشت تپه پرتم کنه و دوباره و دوباره مجبور شدم هی برم بالا براش تخم کفتر ببرم. هی منتظر شدم تو بیای، اما نیومدی... حتی اون‌قدر من رو یادت رفت که چسبیدی به اون‌که قطعه‌هاش گم شده. حتی از اون ایراد می‌گیری که چرا کوچیک شده... مگه تو با ماها که کوچولوییم، لجی؟ اگه از ما بدت میاد، برای چی ادای این رو درمیاری که مثلاً می‌خوای نجاتمون

بـدی؟... حتـی اون‌قدر تـوی اون یکی رمانت من رو بسـتی به استعاره و ایهـام و ابهام کـه فریبا صداش دراومد. خودم وُیسـتون رو شـنیدم. حتی فریبـا بهت گفت ابهامش زیـاده... از بس با من لج بودی، نمی‌خواسـتی رک و پوسـت‌کنده بگـم تـوی دسـتای اون اسـیرم و ایـن تخـم کفترها هم تـوی دسـت‌های من... خودتم که پشـت اون میز اسـیری... اصلاً من از چه توقعـی دارم که وقتی تو خودت زندونی هسـتی، بتونی من رو نجات بدی، یـا بتونی قطعه‌هـای اون زن لجبـاز رو بهـش پس بـدی، یا حداقل بتونی کاری کنـی اون زن کچل دیگـه خودش رو نخوره؟... می‌دونم دیگه الان می‌خوای بگی این‌طوری صحبت‌کردن برای سـنم مناسـب نیسـت، شاید هـم می‌ترسـی اونایی کـه مـن رو می‌خونـن، بگن این‌که دختر ده‌سـاله یا شـاید هم نه‌سـاله نیسـت... خب معلومه که نیسـتم، من خیلی بزرگ‌ترم، خیلی خیلی بزرگ‌تـر. فقط بدنم توی این سـن فریز شـده. اصلاً شـماها کـه داریـد چشـم تـوی چشـم‌های مـن می‌ندازیـد و مـن رو می‌خونیـد، می‌دونیـد فریزشـدن توی یه سـن یعنی چی؟

نیـاز به اسـتراحت دارم. به‌طرز عجیبی پاسـخی برای ایـن دخترک ندارم، حداقـل فعـلاً... ترجیح می‌دهم اینجای روایت زن کچـل بیاید و از خودش بگویید. شـاید اولین بار باشـد کـه تا این حد زن کچل را دوسـت دارم.

شب-داخلی-حمام

(زن کچـل بـا عصبانیت درِ حمام را با دسـت راسـتش باز می کند و سـرش را بیـرون مـی آورد و بهسـمت اتاق خواب و جایی که میز قرار گرفته می چرخاند و چیـزی می گوید.)

زن کچـل: نمی تونی هـر وقـت دلـت خواسـت من رو بکشـونی وسـط روایتـت. مگـه مـن به اختیار تـو اینجام؟ من هـر موقع خودم بخـوام میام. تو هم نمی تونی جلوم رو بگیری. من از کسـی دسـتور نمی گیرم، حتی از بدنم، عجب خودخواهی هسـتی تو!... زیر دوش حمـوم چی دارم نمایش بدم برای اونی که چشـم توی چشـم مـن می خواد مـن رو بخونه...

راسـت می گویـد؛ او کـه با اختیـار مـن اینجـا نیسـت، امـا حداقـل می توانسـت در این شـرایط که این دخترک روبهروی من نشسـته است، بابت مکانـی کـه برای خوردهشـدنش به او دادم، یک سـکانس اسـتراحت و تنفس بـه مـن هدیه کنـد. بههر حال نمی توانـم مجبورش کنـم. دخترک هنـوز دارد حـرف می زنـد، لب هایش تکان می خورد و هنـوز دارد ادامـهٔ پاراگراف قبلی را چشـم در چشـم های مـن می گوید، امـا نمی داند فقط آن قسـمت هایی که مـن بخواهـم به گوش و چشـم های شـما خواهد رسـید. چقدر ایـن دخترک

حـرف دارد و اصلاً بـا ویرگـول و نقطـه ارتباط خوبـی ندارد، یـک نفس دارد پیـش مـی‌رود. باید با چیزی او را سـرگرم کنم تا اثر سـه عـدد آلپرازولا می که پیـش از نشـت او بـه ایـن روایـت خـورده‌ام، کم شـود، چون حرف‌هـای این دخترک را باید بشـنوید و بخوانید؛ حرف‌هایش بسـیار مهم اسـت. فقط کافی اسـت سـرتان را بچرخانید، شـاید همـان دخترک با چشـمانی دیگـر کنارتان نشسـته باشـد، خوابیده باشد و شـاید چند خانه آن‌ورتر دستش در دست‌های زمخت کسـی باشـد که می‌خواهد او را با طعم تخم کفتر آشـنا کند. باید این دخترک را سـرگرم کنـم تا کلماتش هـدر نروند.

شب-داخلی-اتاق خواب

(دختـرک بـا همـان لبـاس‌هـای خاکـی و همـان شمایل ژولیـده روی تخت نشسـته اسـت و چمدانی روی پاهایش قرار دارد و یکی‌یکی نوارهای کاسـت را کـه اطرافـش روی تخـت افتاده، جمـع می‌کند و داخل چمـدان می‌گذارد. پـس از آن بلند می‌شـود و یکی‌یکی از روی زمیـن نوارها را با احتیاط و مرتب داخـل چمـدان جـا می‌دهـد. لبخنـدی روی صـورت دارد. گاهی بـا بعضی نوارهـا، پیـش از گذاشتنشـان در چمدان، رقصـی اجـرا می‌کند؛ می‌چرخد، گویـی بـا برداشـتن هر نوار کاسـت آهنگ آن را می‌شـنود. گاهی سـریع و گاه آرام می‌رقصـد و گاه بـا حـرکات رقص‌هـای دختـرکان ایرانی به او کـه پشت میـز اسـت، خـودش را نشـان می‌دهـد و می‌خواهـد او را هم بـه رقص دعوت کند. نوارها حتی از تاریکی اتاق کاسته‌اند. زنِ پشـت میز دست راسـتش را به‌سـمت دخترک دراز می‌کنـد؛ گویـی هم میل بـه رقصیـدن دارد و هم میل بـه شـنیدن آهنگـی که دختـرک با دسـت‌گرفتن هـر نوار آن را می‌شـنود، اما نمی‌توانـد از پشـت میز بلند شـود. تنها دسـت او را می‌گیرد و آهنگی را که در حـال پخش فضای اتاق را پر کرده، با اتصال به دسـت‌های دخترک می‌شـنود و بـا دختـرک شـروع بـه خواندن آهنـگ می‌کند.)

همسرایی دخترک و زن پشت میز:
امشب دلم می‌خواد تا فردا مِی بنوشم من
زیباترینِ جامه‌هایم را بپوشم من
با شوق بی‌حد باغچه‌هامون رو صفا دادم
امشب تا می‌شد گل توی گلدون‌ها جا دادم
بعد از جدایی‌ها، آن بی‌وفایی‌ها
فردا تو می‌آیی، فردا تو می‌آیی
بعد از گسستن‌ها، آن دل‌شکستن‌ها
فردا تو می‌آیی، فردا تو می‌آیی

دلـم می‌خواسـت تمـام نوارهـای کاسـت را یکی‌یکی در دسـتانش بگیـرد و صـدای آن‌هـا را از سـالیان دور بـا سرانگشـتانش بـه گوش‌هایم برسـاند، اما او نبایـد بفهمـد کـه مـن نمی‌توانـم بـا او بچرخـم، برقصـم و بدنـش را روی دست‌هایم بگیـرم و بـه آسـمانی کـه نـدارم پرتـاب کنـم و دوبـاره برگـردد بـه آغوشـم بـا تکـه‌ای از آسـمان کـه سال‌هاسـت از آن محرومـم. نمی‌دانـم چـرا آینه حیرت‌زده اسـت. فکـر می‌کردم غمگین شـود. همیشـه طرح‌های اکسپرسیونیسـتی‌اش بـا اشـعه‌های باریکی کـه در ترکیب بـا تاریکی اتاق روی شیشـه‌اش نقـش می‌زدنـد، ادامۀ حضـورش را در اتـاق توجیـه می‌کردند، اما بـا حضـور ایـن دخترک و آوازهـا و رقص بداهه‌اش، اشـعه‌های بیشـتری را به اتـاق کشـانده و تاریکـی را گوشـه‌ای رانده اسـت. آینـه با ترکیبـی از حیرت و خوش‌حالی دارد خودش را شـفاف‌تر می‌کند. شـاید به تصویـر دختر امیدوار اسـت کـه روزی روبه‌رویش با اشـتیاق قـرار گیرد و طرح زیبـای زنانه‌اش را با آینـه در میـان بگذارد.

شب-داخلی-آشپزخانه

(زن کچل درحالی‌که خود را به عصا تکیه داده است، قهوه‌جوشی را روی گاز قرار می‌دهد و با اشتیاق فریاد می‌زند تا خبری را به آن کسی که صدا و تصویرش دیده نمی‌شود، بگوید.)

زن کچل: امشب یه قهوه دارم برات درست می‌کنم که وقتی بخوری‌ش، انگار رفتی سینما؛ مثل سینمای سه‌بعدی می‌مونه. تازه از اون فیلم‌ها یا کلیپ‌هایی نمی‌بینی که توی نِت ریخته یا هوش مصنوعی درستشون می‌کنه، نه اصلاً... این تصاویر یونیکِ یونیکه... دارم برای قهوه‌م یه اسم خاص انتخاب می‌کنم. بالاخره مگه آدم توی کل زندگی‌ش چند تا چشم داره که فرصت داشته باشه اسم‌های بهترش رو بذاره برای چشم‌های بعد... فکر کنم دارم سخت توضیح می‌دم. ببین، نظرت رو بگو، چند تا اسم می‌گم ببین کدوم بهتره... بعد هم این قهوه که حالاحالاها تموم نمی‌شه. من فقط خواستم یه ترکیب ویژه درست کنم، یعنی کلاً چشم رو که نمی‌پزن، می‌ذارن دم می‌کشه تا تصاویرش بزنه بیرون. منم گفتم یه ایده بدم که با قهوه دم بکشه. می‌تونستم البته با دمنوش هم اینکارو بکنم، ولی تلخی چشمام بیشتر با قهوه جور درمیاد. به‌هرحال چشم هم باید انگیزهٔ

کافی برای خروج تصاویرش پیدا بکنه. این قهوهٔ تلخ می‌تونه با تلخی اون یه درد مشترک یا نه، بهتره بگیم یه قرارداد مشترک بسازه... دیگه زیادی توضیح دادم... حالا انتخاب کن...

- چشم‌هایی که می‌نوشند

- به‌سلامتی تلخی

- چشم با طعم قهوه

- قهوه با طعم چشم

- مردمکی در فنجان قهوه

- اکران یک چشم در فنجان قهوه

- اپیزودهای تلخ یک پلک

به‌نظر خودم «اکران یک چشم در فنجان قهوه» قشنگ‌تره، چون هم سینماییه، هم لوکیشن فنجان رو داره، هم دو کاراکتر چشم و قهوه رو هم داره، نظر تو چیه؟

باید جلوی چشم‌های این دخترک را بگیرم، نباید چشم‌هایش با این صحنه‌های مشمئزکننده آشنا شود و در خاطرهٔ چشم‌هایش تا همیشه باقی بماند. یعنی این زن نمی‌داند چشم‌ها تیزهوش‌ترین عضو در نگهداری تصاویر و خاطرات‌اند؟ چشم‌ها می‌توانند بو بکشند، بشنوند و حتی صحبت کنند و من اعتقاد دارم که دیدن، غریزی‌ترین و نازل‌ترین بخش چشم است. چطور می‌توانم این صحنه را به لیست ترومای چشم‌های این دخترک اضافه کنم؟ اصلاً قرار نبود این آپارتمان پذیرای این گروه سنی باشد و حتی این روایت برای کودکان می‌تواند نوعی کودک‌آزاری محسوب شود. باید او را در اتاق‌خواب سرگرم کنم تا سمت آشپزخانه نرود. یعنی این زن می‌خواهد چشم‌هایش را دربیاورد و بگذارد با قهوه دم بکشد و حتی می‌خواهد برای قهوه‌اش یک برندسازی هم بکند؟ نمی‌دانم در

لیست اختلال‌های روانکاوی این عمل در کدام دسته قرار می‌گیرد.

دخترک تمام نوارها را در آن چمدان کوچک گذاشته است و به‌طرز عجیبی شبیه عروسکی آن را در آغوشش تکان می‌دهد.

دخترک: چرا پس نمیاد؟

زن پشت میز: کی؟

دخترک: همون که وقتی از توی تونل بیرون اومد دیدمش، کوچیک شده بود، قد من شده بود. فکر می‌کنی از کجا فهمیدم که داری یه چیزی می‌نویسی، ولی من رو فراموش کردی؟ برای همین پشت این صفحه اون‌قدر پاهام رو کوبیدم زمین که روایت دلش نیومد درش رو به روی من باز نکنه.

زن پشت میز: تو ندیدی کجا رفت؟ با کی بود؟

دخترک: اون‌موقع که من دیدمش تنها بود، انگار داشت یه چیزایی می‌گفت. تو می‌نوشتی، صدای قمر هم می‌اومد. وقتی از کنارش رد شدم، دیدم داره بهت می‌گه کوچیک شده، ولی سایۀ یه نفر داشت بهش نزدیک می‌شد که من سریع خودم رو رسوندم اینجا، ولی فکر کنم اون با همون سایه رفت.

زن پشت میز: سایۀ یه مرد نبود؟

دخترک: چرا فکر کنم مرد بود. آخه یه جوری به تخم‌های کفتری که توی دستم بود نگاه می‌کرد، شبیه نگاه اونی که من رو توی کودکی کوهنورد کرد.

زن پشت میز: نمی‌دونم چرا هیچ خبری از خودش نمیده... حتی اندازۀ چند کلمه... اون نمی‌تونه همین جوری بذاره بره. اگه اون سایه نذاره برگرده، چی؟ ببین چه‌جوری پشت میز دارم خفه می‌شم؟ همه‌چی داره کوچیک می‌شه، آب می‌ره، حتی این خونه. می‌ترسم با این سرعتی که

همه‌چی داره آب می‌شه، تو رو هم غرق کنه. اون باید زودتر قطعه‌هاش رو پیدا کنه و برگرده اینجا. فقط این‌طوری ما می‌تونیم آزاد بشیم... تو باید توی اون فولدر می‌موندی؛ اونجا امن بود برات. چرا بدون اینکه از من اجازه بگیری تا بهت بگم اصلاً این روایت به گروه سنی تو نمی‌خوره، پاتو گذاشتی درست وسط جایی که اصلاً برای سن تو مناسب نیست؟

دخترک: انگار باورت شده من بچه‌م، نه؟... درسته که بهت اجازه می‌دم بنویسی «دخترک»، اما من بچه نیستم، خیلی بزرگم، خیلی بزرگ‌تر از تو، خیلی بزرگ‌تر از اون زن کچل. شاید فقط اونی که اون‌ور تونل داره با اون سایه راه می‌ره، هم‌سن من باشه. من فقط بدنم توی ده‌سالگی شاید هم نه‌سالگی فریز شده، هی مدام به من نگو این روایت به گروه سنی من نمی‌خوره.

روز-داخلی-خانه‌ای مجهول

(دخترکی ده‌ساله شاید هم نه‌ساله چادر مادرش را گرفته است و مدام چیزی از او می‌خواهد. یک مرد و یک زن با فرزند کوچک‌شان هم در اتاق‌اند. خانه از آن خانه‌های قدیمی است. تلویزیون روشن است و مراسمی در حال پخش؛ شبیه مراسمی که انگار شخص مهمی مرده باشد، و دخترک همچنان به چادر مادرش آویزان است. زنی که باید مادر آن کودک سه یا چهارساله باشد هم در حال آماده‌شدن و چادرسرکردن است، انگار قرار است با آن زن مسن‌تر که دخترک به چادر او آویزان است، به جایی بروند. مدام خبری از تلویزیون شنیده می‌شود.)

صدای تلویزیون: بسم الله الرحمن الرحیم، انا لله و انا الیه راجعون، روح بلند پیشوای مسلمانان و رهبر آزادگان جهان، حضرت امام خمینی، به ملکوت اعلی پیوست.

دخترک: منم میام... منم ببرین، منم میام.

زن جوان‌تر: تو بمون زیر دست و پا له می‌شی.

زن مسن‌تر: کجا ببرمت؟ وسط این مصیبت فقط مونده اونجا توی شلوغی گمت کنم.

دخترک: آخه من نمی‌خوام اینجا بمونم، منم ببرین.

ایـن سـکانس همیـن چنـد دقیقه پیـش از تونل رد شـد و به اینجا رسـید. بایـد او فرسـتاده باشـد. چـرا نمی‌توانـد خودش مسـتقیم روایـت کنـد؟ او که اختیـار همه‌چیـز را دارد. بـا توجه به محتوای سـکانس باید تاریـخ آن مربوط بـه ۱۳ خـرداد ۱۳۶۸ باشـد. چـرا ایـن تصاویـر را ارسـال کـرده اسـت؟ چرا تمـام سـکانس را توضیـح نداده اسـت؟ باید هر سـکانس با یـک اتفاق حتی کوچک آمیخته باشـد. شـاید فرصت نکـرده و شـاید بخشـی از این سـکانس در میانه‌هـای تونل گیر کرده باشـد و شـاید آن سـایه که دسـت‌های او را گرفت، ادامهٔ سـکانس را سانسـور کـرده باشـد.

چرا این دخترک گوشهٔ تخت شـبیه مجسـمه شـده؟ هیچ پلکـی نمی‌زند و تـکان نمی‌خـورد، انـگار یخ زده، اما چشـم‌هایش باز اسـت و مدام بیشـتر از حدقـه‌اش بیـرون می‌زنـد؛ انگار چیزی بـه او نزدیک و نزدیک‌تـر می‌شـود. درسـت زمانی که مشـغول خوانـدن سـکانس ارسـالی از تونل بودم، حواسـم از ایـن دخترک پرت شـد. شـاید زن کچل او را ترسـانده اسـت. نمی‌توانـد از آن چیزی که من خواندم ترسـیده باشـد، چون اتفاق ترسـناکی در آن نبود. حتی نمی‌توانـم جلوتـر بروم، او را تکان بدهم، گویی در بخشـی از زمان گیر افتاده اسـت. لب‌هایـش تـکان می‌خورنـد، اما هیـچ صدایـی نمی‌آیـد. به مـن نگاه می‌کنـد و روی هـوا چیـزی با انگشـتانش می‌نویسـد؛ گمان کنـم می‌خواهد جایی برایش در روایـت باز کنم.

شب-داخلی-خانه‌ای قدیمی

(صحنه، همان صحنهٔ سکانس قبلی است که از تونل رسیده بـود؛ خانه‌ای قدیمـی با دو اتاق تودرتو. دخترکی سـه یا چهارسـاله روی زمین خوابش برده اسـت. مردی بالشـی زیر سـر دخترک می‌گـذارد و پتویـی روی او می‌اندازد. دخترکـی کـه اصرار به رفتـن با مادرش داشـت، در اتـاق دیده نمی‌شـود. زن مسـن و زن جوان‌تـر نیـز در صحنه دیده نمی‌شـوند. مرد از زیر وسـایل بالای کمـد، چیـزی را کـه گویی پنهان شـده، بیرون می‌آورد؛ چند جلـد مجله در دسـتان مرد اسـت، آن‌ها را پاییـن مـی‌آورد و ورق می‌زند. دوروبَرش را نگاه می‌کنـد، به‌سـمت حیـاط مـی‌رود و داخـل قسـمتی می‌شـود کـه مشـخص نیسـت آشـپزخانه اسـت یا حمام یا توالت.)

دخترک روی تخت خیس شده است و از تمام لباس‌هایش آب می‌چکد. انگار که دوشـی روی سـرش گرفته باشـند یا زیر تگرگی بدون چتر مجبور به ایسـتادن باشـد، اما این اتاق سـقف محکمی دارد. هوای اتاق شرجی است، اما بارانی نیسـت. با چشـم‌هایش تـرس و خجالت هم‌زمانی را به‌سـوی میزم پرتاب می‌کند و باز روی هوا با انگشـتانش چیزی می‌نویسـد.

شب-داخلی-حمام

(دوش حمـام بـاز اسـت، مـردی زیـر آن عریان ایسـتاده و به جایی در گوشـهٔ حمـام خیره اسـت. دخترکی که در سـکانس پیـش به چادر مـادر آویزان بود، حـالا در گوشـهٔ دیگـر حمـام بهگونهای به دیوار چسـبیده اسـت کـه گویی بر آن آویزان اسـت، همچون تیشـرت قرمزی بر جالباسی حمام که در تصویر دیـده میشـود. مجلههایـی کـه در دسـت مـرد بود، کـف حمام ریخته شـده اسـت؛ تصاویـر خیـس شـدهانـد و از آن زنان عریـان و مردان عریان بسـیاری بیـرون آمدهانـد و در فاصلـهٔ مـرد و دخترک در هـم میلولند.)

از صـدای جیـغ دخترک، عصایـم روی زمین میافتد. صورتش کبود شـده اسـت، ناگهـان روی تخـت چیـزی شـبیه بـه دو تخـم کفتـر را از دهانـش بالا مـیآورد؛ از همانهـا کـه بهخاطرشـان در زمرهٔ کـودکان کوهنورد قـرار گرفت. نیـاز عجیبـی بـه زن کچـل دارم. میخواهـم امشـب تمامـم را بـه او بدهـم، با تمـام جزئیاتم. اگـر معدهاش یاری کند، میتواند امشـب تمام مـرا ببلعد. باید بهسـرعت یک نوار کاست را به انگشـتان دخترک برسـانم. عجیب این روایت از دسـتم خارج شـده اسـت. این صحنهها برای او مناسـب نیست، چه برسد به اینکه نویسـندهاش شـود. دلشـورهٔ او را دارم؛ او که آنسـوی تونل کوچک شده

است. بایـد زودتر بـه این اتاق برگردد تا همگی پشـت این نوارهـا پناه بگیریم. زن کچـل دارد بـه سـمت من می‌آید. بـا همان بدن تکه و پـاره‌اش خودش را با عصا به میز می‌رسـاند و فنجانی را که در دسـت راسـتش است، روی میزم می‌گـذارد. بایـد از همـان قهوه‌ها باشـد که با چشـم‌هایش دم کشـیده‌اند. این دیگـر از مـن چه می‌خواهد؟ باید به داد آن دخترک برسـم. این زن کچل قصد دارد بـا خـوردن قهـوه‌اش مرا به اکـران کدام تصاویـر ببرد؟ مـن اصلاً میلی به قهـوه نـدارم، مخصوصاً اگر با طعم چشـم‌های او باشـد. باید بـا او معامله‌ای کنم. به چشـم‌هایی که ندارد، نگاه می‌کنم و از او می‌خواهم یک نوار کاسـت را بـه دسـت‌های دخترک روی تخـت برسـاند و به او بـدون آنکـه حرفی بزنـم قـول می‌دهـم که این فنجـان را تا ته بخورم و پـای اکران تصاویرش بایسـتم و حتـی اگر شـد یک نقد یا یادداشـت تحلیلی هم بر آن بنویسـم.

شب-داخلی-اتاق خواب

(زن کچـل روی تخـت روبـه‌روی دختـرک نشسـته اسـت، چمـدان نوارها را
میانشـان قـرار داده اسـت و یکی از نوارها را در دسـت دختـرک و خودش نگه
داشـته اسـت، طوری‌که دسـت راسـت دختـرک نوار را گرفته اسـت و دسـت
زن کچـل دسـت دختـرک را همـراه با نـوار. ناگهـان از دو تخـم بیرون‌آمده از
دهان دختـرک دو عدد پسـتان کوچک و خونی سرشـان را بیـرون می‌آورند و با
دختـرک و زن کچـل آهنگی را با هـم می‌خوانند.)
همسرایی زن کچل و دخترک:
غم میون دو تا چشمون قشنگت لونه کرده
شب تو موهای سیاهت خونه کرده
دوتا چشمون سیاهت مثل شب‌های منه
سیاهی‌های دو چشمت مثل غم‌های منه
وقتی بغض از مژه‌هام پایین میاد بارون می‌شه
سیل غم‌ها آبادی‌مو ویرونه کرده
وقتی با من می‌مونی تنهایی‌مو باد می‌بره
دوتا چشمام بارون شبونه کرده

بهار از دست‌های من پر زد و رفت

گل یخ توی دلم جوونه کرده

بـدون آنکـه خودم بخواهـم، صدایم بـرای خواندن این آهنـگ از آن‌ها بلندتر شـده اسـت، حتی صدای او را می‌شـنوم که از آن‌سوی تونل با ما می‌خواند. پیشـنهاد می‌دهم شـما هم که چشـم در چشـم‌های ما دارید، این آهنگ را از روی متن بـا ما بخوانید.

همسرایی پستان‌های کوچک، دخترک، زن بـا قطعات گم‌شده، زن کچـل و زن پشـت میـز و تمام آن‌هایی که چشـم در چشـم‌های مـا دارند:

تو اتاقم دارم از تنهایی آتیش می‌گیرم

ای شکوفه تو این زمونه کرده

چی بخونم جوونی‌م رفته صدام رفته دیگه

گل یخ توی دلم جوونه کرده

چی بخونم جوونی‌م رفته صدام رفته دیگه

گل یخ توی دلم جوونه کرده

غم میون دو تا چشمون قشنگت لونه کرده

شب تو موهای سیاهت خونه کرده

دوتا چشمون سیاهت مثل شب‌های منه

سیاهی‌های دو چشمت مثل غم‌های منه

وقتی بغض از مژه‌هام پایین میاد بارون میشه

سیل غم‌ها آبادی‌مو ویرونه کرده

وقتی با من می‌مونی تنهایی‌مو باد می‌بره

غم میون دوتا چشمون قشنگت لونه کرده

آهنگ تمـام می‌شـود و زن کچـل بـا نگاهـی کـه از چشـم‌هایش نیسـت، امـا نـگاه خیـره‌ای اسـت، فنجان قهوه را یـادآوری می‌کنـد. من می‌دانـم او به‌خاطر معاملـه‌ای کـه بینمان شـد، تا این حـد مهربان و صبـور همراهی‌مان کـرد. البته نبایـد فرامـوش کنم کاری که او کرد از هـزاران معامله بالاتر بود؛ من به‌هیچ‌وجه نمی‌توانسـتم بـه دختـرک، آن هم در شـرایط بحرانی، درحالی‌که پشـت این میز زندانی‌ام، نـواری برسـانم. از زن کچـل بـدون هیـچ حرفـی تشکر می‌کنـم و فنجان قهوه‌اش را تا ته سـر می‌کشـم. راسـتی، از شـما که چشـم در چشـم‌های مـا داریـد، ممنونم که ایـن آهنگ را همـراه ما همخوانـی کردید.

مخلفات چشـم‌هایش بدجوری معده‌ام را به هم ریخته اسـت. چشم‌هایم را می‌بنـدم، رو بـه تصاویـرش و تنها بـا پلک‌هایم آن‌هـا را ورق می‌زنـم تا تنها چشـم‌هایم رو به تصویری باز شـود که زن کچل قصد اکرانش را داشـته است. بایـد ایـن معاملـه را تمـام و کمـال انجام دهـم، و الّا همیـن الان می‌توانسـتم روی یکـی از ایـن تصاویر بایسـتم و دو فریم به این روایـت اضافه کنم، اما من بـه عهـدی کـه بـا او بسـته‌ام وفادارم. چقـدر تصاویر چشـم‌هایش زیاد اسـت؛ هرچـه با پلک‌هایـم ورق می‌زنم تمامی ندارد. نمی‌دانم آن‌ها را بر چه اساسـی در چشـم‌هایش طبقه‌بنـدی کـرده اسـت، مثلاً بـر اسـاس تاریخ یا بر اسـاس غلظـت آن اتفـاق یـا موقعیـت. در هر صـورت، همچنـان در حـال ورق‌زدنم. همیـن کـه دختـرک گوشـهٔ تخت بـا آن دو پسـتان کوچک خوابش برده اسـت، بـرای مـن کافی‌سـت کـه تـا هـر زمان کـه بخواهـد، او را ورق بزنـم. ناگهان صـدای خس خس پسـتان‌های کوچکـی که گمان کـردم به خـواب رفته‌اند، از روی تخـت بلند می‌شـود و تـوی چشـم‌هایم نفـوذ می‌کند؛ انگار کسـی گلوی پسـتان‌ها را گرفتـه باشـد و هم‌زمـان دو صـدا با دو جنسیت و سـنین مختلف به‌صـورت درهـم از درون یـک تصویر بیـرون می‌زنند.

صداهـای درهم درون تصویـر: بیا بیا تو می‌تونی... خاکی شـدم... نیفته

از دستت! ببین کفترا رو چقدر دوستت دارن. چرا اون بالا باید بخوریم؟ روی قله همه‌چیز خوشمزه‌تره...

اصلاً نمی‌توانم این صداها را تفکیک کنم، چقدر هم طولانی است. از زمانی که دخترک وارد این روایت شد، این کفترها دست از سر این روایت برنمی‌دارند. باید این صداها را تفکیک کنم. دیگر علاوه بر ویراستار به یک تدوینگر هم نیاز دارم. شانس آورده‌ام که دو صدا با دو جنسیت مختلف است، با این حال طوری در هم فرو رفته‌اند که تشخیص جنسیت صدا مشکل است، مخصوصاً که با خس‌خس آن دو پستان کوچک هم‌صدا شده‌اند. باید چشم‌هایم را تیزتر کنم، اینجا گوش به کار نمی‌آید. سعی می‌کنم با آزمون و خطا صداها را جدا کنم:

صدای نازک: چرا اون بالا باید بخوریم؟

صدای کلفت: ببین کفترا چقدر دوستت دارن.

صدای نازک: منم دوستشون دارم، اما تخمشون که برای خوردن نیست، برای اینه که ازش جوجه در بیاد.

صدای کلفت: اینایی که ما می‌خوریم، هیچ‌وقت قرار نیست جوجه بشن.

صدای نازک: یعنی مردن؟

صدای کلفت: نه نمردن، اگه نخوریمشون، می‌میرن.

صدای نازک: تو می‌خوای من رو هر روز بیری اون بالا؟

صدای کلفت: خب می‌خوام اندازهٔ کفترا پر بکشی.

صدای نازک: من که پر ندارم.

صدای کلفت: دستات روی قله پر در میارن... بعد هم اون بالا همه‌چیز خوشمزه‌تره.

صدای نازک: من توی خونه‌مون همه‌چی برام خوشمزه‌تره.

صدای کلفت: می‌خوام اولین دخترک کوهنورد بشی.

صدای نازک: چرا کفترا رو بابات گذاشته توی قفس توی حیاط؟

صدای کلفت: چون عرضه نداره، از قله می‌ترسه. اون از ترسش گوشت کفترا رو توی خونه می‌خوره.

صدای نازک: من از گوشت کفتر بدم میاد، از تخم کفتر بدم میاد...

صدای کلفت: تو که نخوردی تا حالا که بدونی چقدر خوشمزه‌ن.

چرا این دیالوگ‌های بی‌سروته تمامی ندارند؟ بعد هم این زن کچل از کجا روایت این دخترک را دیده و آن را در چشم‌هایش جا کرده است؟ طوری هم دیده که انگار خودش یکی از کاراکترها بوده است. شاید هم به‌خاطر شباهت روایت‌هایشان بود که وقتی دید دخترک تخم کفتر را بالا آورد، ناگهان رفتارش تغییر کرد و مهربان شد. چه اشتراکی را می‌خواهد به من گوشزد کند؟ از آن‌موقع که آن زن با قطعات گم‌شده‌اش دستش را به آن صدا داد، کفترها دست از سر پنجرهٔ این اتاق که با پردهٔ کلفت پوشیده شده است، برنمی‌دارند، انگار بوی غذا شنیده‌اند. من اینجا دانه‌ای برای آن‌ها ندارم، اینجا فقط عضوها سرو می‌شوند و این به درد تخم‌گذاران نمی‌خورد. اصلاً رابطهٔ کفتر و تخم و این دخترک و قله و زن کچل را نمی‌فهمم و اینکه چرا باید از تخم یک کفتر دو پستان نیمه‌جان بیرون بزند؟ بعد چگونه انتظار دارم شما که چشم در چشم من دارید، آن را بفهمید. این پاراگراف دارد از سطرهایی پر می‌شود که حسابی فحش را برای کلمه به کلمه‌اش می‌خرد. عجب ادعایی هم برای زن کچل کردم! اینکه شاید حتی برای این بخش از تصاویرش تحلیل هم بنویسم. اگرچه همین را اگر به هوش مصنوعی یا همان چت‌جی‌پی‌تی بدهم، تحلیلی خواهد داد که انگشت‌به‌دهان خواهم ماند. ترجیح می‌دهم فحش‌های طبیعی شما را تحویل بگیرم تا تحلیل مصنوعی آن هوش را که کم‌کم دارد ادای نویسنده‌ها را در‌می‌آورد و عده‌ای هم با مدرکش فارغ‌التحصیل می‌شوند.

مـن حتی پزشـکی را دیدم کـه اعضـای بیمارش را بـرای هـوش مصنوعی آپلود کـرد و او هـم چیـزی کم نگذاشـت و یک جراحی اساسـی انجـام داد و کلی قربان‌صدقهٔ آن پزشـک رفـت که چه دسـت‌های باهوشـی دارد.

دوبـاره زن کچـل دارد به‌سـوی میـز می‌آیـد، امـا ایـن دفعه با یک بشـقاب. می‌ترسـم مهربانی‌اش آن‌قدر زیاد شـود کـه مجبورم کند در خوردنش شـریک شـوم. کاش همان‌قدر وحشـی باقی بماند. باید یک جورهایی عصبانی‌اش کنم تا روند سـکانس‌هایش را ادامه دهد و همه‌اش را بخورد که تمام شـود. بشـقاب را روی میـز می‌گـذارد و لنگان‌لنگان می‌رود. درون بشـقاب دو عدد تخم کفتر دیگـر هسـت. احتمـالاً این را بـرای هشـدار آورده تا سـروتَه ایـن دو صفحه را با فحش‌هـای شـما جمع نکنـم. او می‌خواهد به مفـاد قراردادمـان پایبند بمانم.

فقـط دختـرک می‌توانـد کمکـم کند. حداقـل شـاید او بدانـد اصلاً تخم کفتـر چـه ربطـی به ایـن زن کچـل دارد. مـا قـرار بـود قطعه‌های گم‌شـده او را پیـدا کنیـم تـا بتوانیـم از پشـت میـز و این خانـه آزاد شـویم. نمی‌شـود که همین‌طـوری شـخصیت‌ها را لنگ‌درهـوا رهـا کنـم. اگرچـه بارها این کار را کـرده‌ام، امـا این‌بـار فـرق می‌کند؛ حـرف مرگ و زندگی اسـت، بـا این خانه کـه مـدام دارد آب می‌رود و ایـن میز که مـدام کوچک و کوچک‌تر می‌شـود.

روز-خارجی-قلهٔ کوه

(دخترک روی قلهٔ کوهـی نه‌چنـدان بلنـد و نه‌چنـدان کوتاه، شـبیه تپه‌ای کـه سـعی دارد خـود را کـوه نشـان دهـد، کنـار گاز پیک‌نیکی کـه روی آن ماهیتابـه‌ای قـرار دارد، نشسـته اسـت. اطرافـش پـر اسـت از پوسـت‌های فراوانـی از تخـم کفتـر. دخترک تنها تی‌شـرت قرمزی بر تـن دارد و پاهایش عریـان اسـت. او به دسـتهٔ کبوترهایـی کـه در بالای کوه روی سـرش شـبیه مجسـمه‌ای سفید اما بی‌شـکل فریز شـده‌اند، نگاه می‌کند و سعی می‌کند بـا پرتاب پوسـت تخم‌هایشـان آن‌هـا را به حرکـت درآورد، امـا آن‌ها تکان نمی‌خورنـد. از بـالای کـوه خانـه‌ای مشـخص اسـت کـه گوشـه‌ای از آن قفسـی پر از کبوتـر قرار دارد. از در خانه زنی چـادری درحالی‌که دخترکی را روی دوش انداخته، به‌سـمت آمبولانسـی کـه سـر کوچه قرار دارد می‌دود. ناگهـان دخترک از روی دوش زن ناپدیـد می‌شـود و در شـمایل کبوتـری به‌سـوی دخترکِ روی کوه پـرواز می‌کند، روی دسـت‌های او می‌نشـیند، در دسـت‌های دخترک دو پسـتان کوچک و یک واژن خونـی حرکت‌هـای سـریعی دارند؛ شـبیه جان‌کندن یک ماهی وقتی دهانـش در قلابی آویزان اسـت. کبوتر از دسـت‌های دخترک تکه‌هـا را به نوکش می‌گیرد و به‌سـوی

حجم مجسمه‌وار کبوتـران دیگر می‌پیونـدد و آن‌ها را بـه حرکت می‌انـدازد. دختـرک از بـالای کوه بـه پاییـن نگه می‌کنـد؛ مردی بـا یک کیسـه تخم کفتر پاییـن کوه افتـاده، درحالی‌که خونی اطراف تن عریانش را گرفته است.)

نمی‌دانـم چـرا صورتـش را پشـت دسـت‌های کوچکش روی تخت پنهـان کـرده اسـت. شـاید گمـان کرده ممکن اسـت بـه حـذف این سکانس دسـت بزنـم؛ بـه حـذف تخیلی کـه بـا دسـت‌های کودکانه‌اش نوشته است. مـن می‌دانـم او اصلاً تـوان پرتـاب مـردی بـا آن هیـکل را نـدارد، اما تخیل کودکی‌اش چرا باید دسـت به قتل بزند؟ شـاید برای همین صورتش را پشت دسـت‌های کوچکش پنهـان کـرده اسـت؛ به‌خاطر قتلی که تخیلـش گردن گرفتـه اسـت، اما بیـن خودمان و آن‌هایی که چشـم در چشـم‌های مـا دارند، می‌مانـد، تـا آنجـا که همچـون کبوتری از دوش آن زن پر کشـید برای سـنش مناسـب اسـت، شـاید از آن به‌بعد را زن کچل نوشـته اسـت و آن را به روایت دختـرک اضافـه کـرده، حتمـاً نمی‌دانـد ایـن کار می‌توانـد نوعی کـودک‌آزاری محسـوب شـود؛ تجاوز به تخیل کودکانۀ او، اما دخترک می‌داند قرار نیسـت ایـن روایـت بـرای گروه سـنی او باشـد یا سـویه‌های رمانتیکـی را ایجاد کند، نـه اصلاً... ایـن روایـت یـک واقعیـت زمخت اسـت، شـبیه صـدای آن مرد کـه دسـت‌های او را گرفـت و بـا خـودش بـه تونـل برد. حـالا در چشـم‌های خشـکتان قطـره‌ای بریزیـد و بـرای لب‌های خشـک و رنگ‌پریده‌تـان برق لبی آمـاده کنیـد، ایـن روایـت شـوخی نـدارد... البته اگر شـما که چشـم در چشـم ایـن دختـرک داریـد، نتوانسـتید به روایتش پی ببریـد، می‌توانید فحش‌هایتان را تنهـا نثار مـن کنید. نمی‌توانم ایـن بخش از روایتش را حـذف کنم، حتی اگر بدتـان بیایـد و از بخش‌هـای خونی‌اش چندشـتان شـود. بالاخـره کودک هم می‌توانـد در تخیلـش دسـت‌های قاتلی داشـته باشـد.

شب-خارجی-پارک

(زن کچـل با پوسـتیژ سیاه‌رنگی که بر سـر دارد، بـا دسـت‌های مردانه‌ای که تنـی بـه آن متصل نیسـت، از روی ویلچر بـا کمک او روی زیراندازی که بر روی چمـن انداخته‌اند، می‌نشـیند. کنارشـان یـک گاز پیک‌نیکی اسـت که روی آن ماهیتابـه‌ای قرار دارد.)

مجبور به قطع سـکانس زن کچل شدم. نمی‌دانم چرا دخترک روی تخت ایسـتاده و مدام پاهایـش را روی آن می‌کوبد. شـاید بعد از آن سـکانسِ خونی، هـوای خنـک پارک و وسـایل بـازی بتواند کمـی کودک‌ترش کنـد. نمی‌دانم، مـن اختیـاری برای پیوسـتن او به آن‌ها در پارک نـدارم، باید زن کچل خودش تصمیـم بگیـرد. گوشـی موبایلم صدایی می‌دهـد؛ از شـماره‌ای در واتس‌اپ لوکیشـنی ارسـال شـده اسـت. من واتس‌اپم را خیلـی قبل‌تر پاک کـرده بودم. صفحـهٔ ارسال‌شـده را بـاز می‌کنم؛ صفحه عکـس دارد. باید ببینم چه کسـی ایـن لوکیشـن را ارسـال کرده اسـت. عکس اوسـت؛ او کـه قطعه‌هایش را گم کـرده بـود. یعنـی از من می‌خواهـد به آدرسـی که ارسـال کرده، بـروم؟ مگر نمی‌دانـد که مـن نمی‌توانم حرکـت کنـم، دارد تایـپ می‌کند...

زن بـا قطعات گم‌شـده: اسـنپ بگیـر، اینم لوکیشـن پارکـه. زن کچل

بلاکت کـرده. چرا اینجـا میـون این‌همه صـدا ولـم نمی‌کنین...

زن پشت میز: کجایی؟ مگه اونجا نِت داری؟

زن بـا قطعـات گم‌شده: اینجـا نِت نیسـت، ساعت نیست، زمـان نیسـت، گوشـی نیسـت، هیچ‌چیزی نیسـت. فقط انگار زن کچل هر وقت بخـواد می‌تونـه هـر کاری بکنه. همـهٔ امکانـات رو دادی بـه اون؟ به ما که می‌رسـی، بدبخت و درمونده می‌شـی؟ همین که کارش هم تموم می‌شـه، هرچـی داده، نامرئی می‌شـه...

ببیـن چگونـه امکانات آن زن کچل را روی سـر مـن می‌کوبد و حتی فکر می‌کنـد مـن بـرای او این‌هـا را مهیا کرده‌ام! بایـد زودتر برای دخترک اسنپ بگیـرم. لوکیشـن را می‌زنم، راننده‌ای به‌سـرعت پیدا می‌شـود. دخترک بدون آنکـه شـمارهٔ پلاک را بگویـم، از خانـه بیـرون رفتـه و نقشـه نشـان می‌دهـد کـه در حـال رفتـن به‌سـوی زن کچـل اسـت. بایـد آدرس را چـک کنـم. نت دوبـاره قطـع شـده و بـدون آنکـه واتس‌اپ را دوبـاره از گوشـی‌ام پـاک کنم، خـودش رفتـه اسـت. ایـن زن کچـل گوشـی‌ام را هـک کـرده. نکنـد دخترک را دیگـر بازنگردانـد. کلاً دیگـر هیچ‌کـس در ایـن روایـت بـه حرف‌های من گـوش نمی‌دهـد. همه‌چیـز در یـک هرج‌ومـرج واقعـی اسـت. کاش من هم می‌توانسـتم کنـار آن‌ها در پارک بنشـینم، دلم برای هر جایی غیـر از این خانه تنگ شـده اسـت...

شب - خارجی - پارک

(زن کچـل بـا پوسـتیژ سیـاه‌رنگی که بر سـر دارد، بـا دسـت‌های مردانه‌ای که
تنـی بـه آن متصل نیسـت، از روی ویلچر بـا کمک او روی زیراندازی که بر
روی چمـن انداختـه اند، می‌نشـیند. کنارشـان یـک گاز پیک‌نیکی اسـت که
روی آن ماهیتابـه‌ای قـرار دارد. دختـرک روی چمن‌هـا در حـال کندن زمین و
ایجادکـردن یـک چالـه اسـت. زن کچـل یک شـانه تخـم کفتر را به آن دسـت
مردانـهٔ بـدون تـن می‌دهـد و او آن را به دختـرک می‌رسـاند. دختـرک با شـادی
یکی‌یکی تخم‌هـا را درون چالـه می‌ریـزد و روی آن‌هـا خاک می‌پاشـد. زن
کچـل رو به آن دسـت‌ها حـرف می‌زند.)

زن کچل: یه روز واسـه خودت کسـی بودیا! هر موقع دلت می خواسـت،
یـه کرمی می‌نداختی سـر قلابـت و هرچی دلت می خواسـت از تـوی آب
صیـد می‌کردی، حتی گاهی می‌دیدی شـکار بیچـاره توی چند تـا قطـره داره
دسـت‌وپا می‌زنه، امـا بـه اونم رحـم نمی‌کردی، چـون طعمـای مختلف رو
دوسـت داشـتی، مـثلاً اینکـه یـه شـکار دم مرگش چـه طعمـی داره، ولی من
همـه‌ت رو نخوردم، گذاشـتم اون دسـتات زنده بمونن تا تـاوان بدی، بفهمی
یـه شـکار وقتی می‌افته تـوی قلاب، چه رنجی می‌کشـه. دسـتات اسیر من

شـدن، هر جا بخوام من رو می‌برن. حتی شـدی اسـیر ایـن دخترک و مجبور شـدی دونه‌دونه اجدادت رو با دسـتای این دخترک زنده‌به‌گـور کنی...

(دسـت‌های مردانـه روی چمـن خودشـان را بـه این طـرف و آن طـرف می‌کوبند. بعد خودشـان را به لب‌هـای زن کچل نزدیـک می‌کنند تا دهانش را بـه‌زور بـاز کنند. زن بـا دسـت راسـتش گردن یکـی از دسـت‌ها را می‌گیرد و در ماهیتابـه‌ای کـه روی شـعلۀ گاز پیک‌نیکـی قرار دارد، می‌گـذارد، و چند دقیقـه نگـه مـی‌دارد. آن دسـتِ دیگر بـا دیدن آن صحنه پشـت دخترک پنهان می‌شـود... زن رو بـه دسـت در ماهیتابه حرف می‌زند.)

زن کچـل: من کـه نمی‌ذارم بمیـری. فقط برای اینکـه بخورمت، التماس نکـن، چون تاوانش ایـنه که بری تا دم پختگی اما پخته نشـی. حالا اون یکی دسـت بـزدل رو هم صدا کن، بایـد کم‌کم بریم...

اصلاً نمی‌دانـم چـرا تکلیـف همه‌چیـز دارد مشـخص می‌شـود، امـا من همچنان در پشـت میز زندانی‌ام، یعنی دفن آن تخم‌ها، دسـت‌های نیمه‌پخته و اسـیر، سـفر زن بـا قطعات گم‌شـده به آن سـوی تونل و حتی رقص دخترک بـا نوارهـا و دسـت‌های قاتلـش... هیچ‌کـدام بـرای یک سـانت بزرگ‌ترشـدن ایـن انفرادی کافـی نبود، یعنی هیچ‌کدام از این سـکانس‌ها یک درصد بـرای رهایـی از پشـت میز کارایی نداشـت. می‌دانـم که او وقتی بتوانـد قطعه‌هایش را پیـدا کنـد، طعـم آزادی بی‌شـک روی زبانـم خواهـد رقصیـد، امـا این‌همه کلمـه نمی‌توانسـت کمی طعـم خیالی به من ببخشـد. من که سـخاوتمندانه به همه‌شـان مکان و امکانات دادم، اما هیچ‌کدامشـان فکر من نیسـتند. اینکه پوسـیدگی‌ام آن‌قدر سـرعت گرفته و این میـز آن‌قدر به کوچک‌شـدن نزدیک شـده کـه حتی با این چشـم‌هایی کـه نـدارم کوچکی‌شـان را می‌بینـم، باید از آینـه کمـک بگیـرم هرچنـد از او فاصلـه دارم. بایـد کاری کنم او به‌سـوی من بیایـد. فقط او می‌توانـد راز پشـت میـز را فاش کند و به تمـام رمان‌های جهان

مخابـره کنـد. ببیـن همیـن الان کـه دارم ایـن را می‌گویـم، دیوار پشـت سـرم کمـی عقـب کشـیده اسـت و حتی میز خـودش را بـه زور کـش می‌دهد. من می‌دانـم این‌ها از فاش‌شـدن می‌ترسـند؛ از اینکه رازشـان را بـرملا کنم. همـه از آینـه می‌ترسـند، اما من بـه آینه بـرای آزادی محتاجم.

شب-داخلی-آپارتمان

(تلویزیون روشن است و صدای برفک در لابه‌لای خندهٔ دخترک پیچیده است. زن کچل با عصایی که در دست دارد، به‌سوی اتاق‌خواب می‌رود. روی چشم‌هایی که ندارد، دو علامت ضربدر قرمز کشیده شده است. در دستانش چند مجله است، به‌سمت میز در اتاق‌خواب می‌رود و آن‌ها را روی میز می‌اندازد.)

زن پشت میز: نه اینکه وحشتناک نبود! حالا با این دو ضربدر قرمز ترسناک‌تر از قبل هم شده. خجالت هم نمی‌کشه همین‌طور مجله‌ها رو روی میز پرتاب می‌کنه؛ انگار برای این میز هویت بیشتری قائله تا برای من. من چه نیازی به این مجله‌های بی‌محتوا دارم. هرچی رو بخوام، می‌تونم از سایتای معتبر با همین چشمای نداشته‌م سرچ کنم...

(زن پشت میز به مجله‌ها نگاه می‌کند. روی جلد یکی از آن‌ها، تصویر عریان زن با قطعات گم‌شده است، بدون هیچ پستان یا واژنی. صورتش شطرنجی شده است. روی جلد نوشته شده «مصاحبه با زنی که می‌توانید او را It صدا کنید»...)

باورم نمی‌شود تا این حد احمق باشد و خودش را سوژهٔ این مجلات

سیاه و زرد و سفید یا حتی قرمز بکند. معلوم نیست کدام خبرنگاری مخش را آن سوی تونل زده؛ به‌جای اینکه دنبال قطعه‌هایش بگردد، خودش را به این مجله‌ها فروخته است. اصلاً نمی‌دانم با خودش چه فکری کرده است، نمی‌تواند این‌قدر احمق باشد که فکر کند این مجله‌ها یا هر رسانه‌ای برای کمک به او و پیداشدن قطعاتش، جلدشان را با چنین تصاویری پر کنند. همین صفحات کله‌گنده‌ی مجازی فقط از تصویر کسانی که پشت میله‌های مرئی و نامرئی گیر افتاده‌اند، استفاده می‌کنند تا بقای خودشان را ادامه دهند. آن‌قدر فهم این موضوع ساده است که باورم نمی‌شود او با آن‌همه ادعایش شکار این مجله شده باشد... یعنی ندیده که نامش را هم It گذاشته‌اند و کلاً از دستهٔ آدم‌ها خارجش کرده‌اند فقط برای اینکه تیتر جذابی برای مخاطبشان بسازند؟ دوست دارم تمام فحش‌های دنیا را نثارش کنم؛ تن به مصاحبه داده و تازه در سوتیتر مصاحبه هم نوشته شده «زنی که جامعه او را به یک ماشین تبدیل کرد»... عجب سوتیتر احمقانه و کلیشه‌ای و مسخره‌ای... کودن است اگر فریب این تیترها را بخورد. همان‌هایی که این مصاحبه را برای او ترتیب داده‌اند، اصلاً برایشان مهم نیست حتی اگر سوراخش نتواند به‌مرور زمان ضایعات بدنش را خارج کند و توی رگ‌های خودش بگنند. اگر یک نفر سراغش را گرفت، فقط تنها کاری که برایش خواهند کرد، این است که او را برای همیشه اسقاطی معرفی می‌کنند و دوباره برایش عزاداری می‌کنند با سوتیتر دیگری مثل «ماشینی که جامعه او را به اسقاطی تبدیل کرد»...

(زن پشت میز مجله را ورق می‌زند و به صفحهٔ مصاحبه که با همان عکس روی جلد طراحی شده است، نگاه می‌کند. در صفحات دیگر مصاحبه، عکس‌هایی از ماشین‌های صنعتی مختلف دیده می‌شود و در یک عکس، بدن زن با قطعات گم‌شده را نشان می‌دهد و اینکه دارند با

ابزارهایی اعضای گم‌شده‌اش را پیچ و مهره می‌کنند. زن پشت میز شروع به خواندن مصاحبه می‌کند.)

پرسشگر: شما تنها زنی نیستید که قطعات خود را گم کرده‌اید. در دههٔ اخیر بسیاری از زنان گزارش‌های مختلفی از قطعات مفقودی خود به ایمیل مجله ارسال کرده‌اند. بعضی از آن زن‌ها حتی قطعات مفقودی‌شان به سال‌های دورتری برمی‌گردد که تنها به‌خاطر اعتبار و آبروی خود و خانواده‌هایشان امکان اطلاع‌رسانی در مورد عضوهای مفقودشده‌شان را نداشته‌اند، حتی بعضی از آن زن‌ها اکنون در گورستان‌اند و بعد از پیداشدن عضوهایشان، آن‌ها را به دیگر زنان نیازمند به قطعه پیوند زدند. با توجه به اینکه در سال‌های اخیر شجاعت زنان چشمگیر بوده است، شما به‌عنوان یکی از این زنانی که مورد راهزنی قرار گرفته‌اید، آیا تابه‌حال پیگیر قطعاتتان بوده‌اید؟ آیا گروه‌های حامی زنان و حیوانات و حتی حامیان کودکان و محیط زیست توانسته‌اند در این مسیر شما را یاری کنند؟

زن با قطعات گم‌شده: من سال‌ها بود که قطعاتم از کار افتاده بودند، اما همین که وجود داشتند، خودش می‌توانست هویت دست‌وپاشکسته‌ای را برایم مهیا کند، اما یک روز معمولی از خواب بیدار شدم و در حمام بود که متوجه شدم راهزنی به بدنم زده است و قطعات اصلی تفکیک‌کننده‌ام از مابقی گونه‌ها را دزدیده است. نه اینکه بخواهم ادعا کنم قطعات باکیفیتی داشتم، اما به‌هرحال حتی قطعهٔ ازکارافتاده هم می‌تواند تابلویی باشد برای اتصال به دیگر گونه‌ها... البته فکر می‌کنم بیشتر از اینکه به راهزنان قطعه‌ها یا بازار سیاه فروش آن‌ها که گاهی سفید، زرد و حتی قرمز است، بپردازیم، بهتر است روی مافیایی که این راهزنان را به بدن‌های مشخصی هدایت می‌کنند، دقیق‌تر شویم. گمان می‌کنم سیستمی فراتر از این دزدی‌های خُرد وجود دارد که می‌خواهد

مـا تا آخـر عمرمـان دنبال خودمـان بگردیـم؛ یعنی دنبـال همـان چیزهایی بگردیـم کـه پیـش از این فرامینـی آن‌هـا را از کار انداخته‌اند و بـرای اینکه به اصل ازکارافتادن آن‌ها نپردازیم، آن‌ها را می‌دزدند تا دنبال مفاهیم نباشـیم و بیشـتر به‌دنبـال قطعـات عینی‌تر بگردیم و سـراغ چرایـی نرویم.

پرسشـگر: منظورتان ایـن اسـت کـه در مـورد شـخص شـما پیـش از راهزنی مسـتقیم بـه بدنتان، فرامینـی آن قطعات را از کار انداختـه بود؟ یعنی می‌خواهیـد بگوییـد شـما یـک ویترین بودید بـا قطعاتان بـدون کارکردی کـه جنسـیت شـما می‌بایسـت آن را به‌صورت خـودکار انجام می‌داد؟

زن بـا قطعـات گم‌شـده: بلـه دقیقـاً، موفقیت راهزنـان از طریـق همین فرامین ایجاد می‌شـود. اگر قطعات مربوط به گونه‌ام آن‌طور کـه می‌خواسـتند می‌توانسـتند خودشـان را ابراز کنند، بی‌شـک از کار نمی‌افتادنـد، قطعاً وقتی قطعـه‌ای را دیگـر اسـتفاده نکنیـد، کم‌کـم یادتـان می‌رود چنیـن قطعـه‌ای داشـته‌اید، و راه بـرای راهزنان بازتر خواهد بود. فرامین، نوعی آلزایمر بدنی ایجـاد می‌کنند کـه البته در پوشـش قوانین از نوزادی به‌صورت سیسـتماتیک اجرا می‌شـود.

چقـدر هـم بـه این مصاحبه دل داده اسـت و گمان کرده دسـت به نوعی عصیان و شـورش زده اسـت و اصلاً خبر ندارد همین اراجیف شورشـی‌اش را پیـش از آنکـه خودش بخواهد، روی زبانش تدارک دیده‌اند و او فقط آن‌ها را بلغـور می‌کنـد و نوعی رضایت از نوع پلاسـتیکی درونـش ایجاد می‌کنند کـه دیگر جسـت‌وجوگر واقعی جاهـای خالی بدنش نباشـد. تنها چیزی که فکـر نمی‌کـردم، ایـن بـود که در بـازی رسانه‌ها بیفتد. کسـی نیسـت به او بگویـد از خـودت نمی‌پرسـی چـرا در این مقطع شـخص مهمی بـرای این مجله شـده‌ای؟ نمی‌فهمد یک نوع عادی‌سازی جای قطعاتش می‌نشـیند و فقـط طعمـهٔ تیترهای خبری به‌عنوان یـک مدل کودن می‌شـود؟ یعنی تا این

حـد عقلش را از دسـت داده که حتی از شماره‌حسـابی کـه در این مصاحبه بـرای مخاطبـان گذاشـته‌اند تا برای تأمیـن قطعات مصنوعـی جای قطعات اصلـی‌اش، منابـع مالـی جمع شـود، اسـتفاده کنـد؟ یعنـی کلاً می‌خواهد بـا دو عدد پسـتان پلاسـتیکی و واژن پلاسـتیکی یک بقای پلاسـتیکی برای خودش تـدارک ببیند؟

فکـر می‌کـردم لیاقـت اختیـاری را کـه بـه او داده‌ام، دارد، نه اینکه مسـیر روایـت را زیـر دسـت کلینیک‌های قطعه‌سـازی که وظیفـهٔ پاک‌کردن صورت مسـئله را دارنـد، ببـرد و ویراسـتاری خودش را بـه آن‌ها بسـپارد و حتی خیال نکند قهرمانی‌سـت که آن روی سـکه‌اش یـک قربانی دارد کـه در اتاقِ انتظارِ عمـلِ او دارد تخمه‌هایـش را می‌شـکند. بـاورم نمی‌شـود کـه دارد بـا همهٔ ما بـازی می‌کنـد و می‌خواهد قهرمان‌شـدنش را از لابه‌لای چهـرهٔ قربانی‌ای که ایـن رسـانه‌ها برایـش تـدارک دیده‌اند، باور کنـد و مدالش را مثـل طنابی دور گـردن همـهٔ ما بینـدازد و انتظار داشـته باشـد برایش هورا بکشـیم.

زمان مشخص نیست-داخلی-اتاق

(زن بـا قطعات گم‌شده و چشـم‌هایی که روی آن بسـته شده، روی صندلی نشسـته اسـت. یک چراغ شـبیه چراغ اتاق‌های بازجویی بالای سـرش روشن اسـت و شـبیه فیلم‌هـا تکان مـی‌خـورد. روبه‌رویش یک میز قـرار دارد و یک صندلی آن‌سـوی میز اسـت که کسـی روی آن نشسـته اسـت. روی میز یک کاغـذ و خـودکار، چنـد پسـتان قطع‌شـده و چنـد واژن قـرار دارد. چنـد عدد لـب و زبـان هـم روی میـز لابـه‌لای آن‌ها افتاده اسـت. شـخصی بـا صدایی مابیـن صـدای زنانه و مردانه که در تصویر دیده نمی‌شـود، شـروع به صحبت مـی‌کنـد. چنـد صـدا نیـز در پس‌زمینـه به‌صـورت ترکیبـی شـنیده می‌شـود. به‌دلیـل عـدم امکانـات امکان جداسـازی صداها فراهـم نبود.)

صداهـای پس‌زمینـه: روح بلنـد پیشـوای مسـلمانان، بگـو بگـو، تـو می‌تونی و رهبـر آزادگان جهـان، کجا ببرمت وسـط ایـن مصیبت؟ حضرت امـام خمینـی، تـو می‌تونی، هرچی مـن می‌گم تکـرار کن، به ملکـوت اعلی پیوسـت، بگـو بگـو، تـو می‌تونی...

صـدای نامشـخص چیـزی مابیـن زن و مـرد: هرچیـزی کـه مـن بهـت می‌گـم، انجام مـی‌دی. هرچیـزی هـم من بهـت می‌گم اونجایی کـه لازمه

حرف بزنی به همه می‌گی. فکر کردی با چند تا قطعهٔ گم‌شده می‌تونی شورش راه بندازی، بعد بری اونور تونل که مثلاً دزد رو پیدا کنی؟ اونی که اونور تونل دنبالش بودی، فقط یه نفر بوده، اما دیگه اون‌طرف نیست. اومده این‌ور تونل زادوولد کرده، فکر کردی بعدِ تو خودش رو عقیم می‌کنه؟ برای من می‌ری سند جمع می‌کنی می‌فرستی برای اون که پشت میزه؟ می‌خوای اغتشاش کنی؟ نمی‌دونی توهین به مقدسات حکم اعدام داره؟ اون هم سندسازی درست از وسط روزی که ملکوت مهمون ویژه‌ای داشته؟ حالا اصلاً فرض کنیم داری راست می‌گی؛ دزد توی حموم، روی کوه، توی قفس کفترا و... زده به قطعاتت، زده به زبونت. اصلاً فرض کنیم کل جنسیتت رو تخریب صددرصد کرده، فکر می‌کنی اینا برات حق ایجاد می‌کنه که هر کاری دلت بخواد بکنی؟ اگرم می‌بینی الان دارم مثل آدم باهات حرف می‌زنم، فقط برای اینه که وسط این بلبشویی که امثال شماها برامون درست کردین، دشمن با سندسازی‌های تو فکر نکنه خبریه. فقط یه فرصت بهت می‌دم، اون هم به‌خاطر گرد و غباری که این روزها از سوراخ‌های شما می‌زنه بیرون. حالا با اون دستات از میون قطعه‌های روی میز، اونایی رو که گم کردی، بردار. اضافه‌تر برنداریا! البته همهٔ اینا برای کساییه که توی همین چند روز آینده، موقع سحر قراره پرواز کنن برن. داریم بهت جنس اصل می‌دیم، دیگه دنبال قطعه‌های خودتم نگرد؛ اونا به درد هیچ‌کس نخورد، از بس ازشون استفاده نکرده بودی، بدبختا یادشون رفته بود کلاً برای چه کاری ساخته شدن. از پستونات به‌جای شیر، خون می‌زد بیرون، واژنت هم که کلاً تار عنکبوتش اون‌قدر کلفت بود که ارزش زمان‌گذاشتن نداشت. خلاصه چرخشون کردیم دادیم سگامون خوردن...

(زن با قطعات گم‌شده با همان چشم‌های بسته، دستانش را میان قطعات روی میز می‌چرخاند و بعضی را لمس می‌کند و در آخر دو عدد

پستان و یـک واژن برمی‌دارد، بعـد یـک زبـان هـم برمی‌دارد و شـروع بـه حـرف‌زدن می‌کند.)

زن بـا قطعـات گم‌شـده: می‌شـه ایـن زبون رو هـم بردارم؟ آخـه زبون خـودم مـدام تشـنج می‌کنه، حالا هـم لق شـده. می‌ترسـم بیفته بعـد نتونم اون چیزایی رو کـه شـما می‌خواید، بگم.

صـدای نامشـخص چیـزی مابیـن زن و مـرد: ورش دار، اینـم اشـانتیون حرفـایی که قراره بعداً بزنی. فقط ایـن زبونی که انتخاب کردی، زیادی درازه؛ حواسـت باشـه اگه دراز بشـه، سـحر بعـدی مثل صاحـاب اون زبـون، وقت پـروازت می‌شـه. البته می‌دونی کـه ما چند نوع پـرواز داریـم؛ بعضی‌ها مثل آدم از روی چهارپایـه پـرواز می‌کنن، اما بعضی‌ها از کوه، از پـل عابر پیاده، حتـی از پل‌هـای روگذر، یا از پشـت بـوم. خلاصه پـرواز هم انـواع مختلف داره، حواسـت باشـه که قسـمتت نشـه... اون مجله هم که میاد سراغت برای مصاحبه، یکی از رسـم‌های ماسـت برای اینکه جامعه دچار تشـویش نشـه. شماره‌حسـاب هـم دادیم کـه بتونیم با اونایی که خیلی نگرانتن، آشـنا بشیم، مخصوصاً با اونی که پشـت میز نشسـته و داره نفسـای آخرش رو می‌کشـه...

نمی‌توانم او را سـرزنش کنم، وقتی خودم اینجا پشـت میز نشسـته‌ام. حتی در تنگ‌تریـن حالت ممکـن، نمی‌توانم از او توقع داشـته باشـم کـه زبانـش را دراز کنـد تـا از همیـن پل کـه نزدیک همیـن خانه اسـت، پرواز کنـد و برود.

صـدای برفـک تلویزیـون و خنده‌هـای دختـرک کـه نمی‌دانم کـدام کارتـون را در میـان برفک‌هایش تخیل می‌کند کـه این‌گونه خنـده‌اش گرفته اسـت، در هـم پیچیـده، دیگـر از زن کچـل هـم صدایی نمی‌آیـد. تنها با یـک دسـت راسـت باقی مانده از بدنش کـه بر عصایی تکیـه دارد، داخل اتـاق می‌چرخـد و سـعی می‌کند دسـتش بـه هیچ‌چیـز زبـان‌درازی نکند.

نمی‌دانستم تا این حد او را دوست دارد؛ او که با قطعات جدیدش بین سایت‌های خبری تقسیم می‌شود که نکند پروازی از نوع تحمیلی قسمتش شود. اصلاً قصدمان از این روایت، این جایی نبود که در حال حاضر در آن قرار داریم. نمی‌توانم به‌خاطر او که از پرواز می‌ترسد به هیچ کمپین و کارزاری بپیوندم. از شما می‌پرسم که چشم در چشم‌های من دارید، کدام پل می‌تواند برای پرواز زیباترین لوکیشن باشد؟ بالاخره یک نفر باید به پرواز تن دهد؛ پروازی اختیاری با همان زبان دراز و دست راستی که تا آخرین انگشتش بر روی این میز و عصایی که کنارش قرار دارد، به رازهایتان دست‌درازی خواهد کرد،

تا آن زمان شما می‌توانید It صدایم کنید...

تیتـراژ پایانی: روح بلنـد پیشـوای مسـلمانان، بگو بگـو، تو می‌تونـی و رهبر آزادگان جهان، کجـا بیرمت وسط ایـن مصیبت؟ حضرت امـام خمینی، تو می‌تونـی هرچـی مـن می‌گم تکرار کن، بـه ملکوت اعلی پیوسـت، بگو بگو، تـو می‌تونی...

نشر رها منتشر کرده است:

- ریشه‌ها و نشانه‌ها در نمایش میر نوروزی، مرتضی مشتاقی، مارس ۲۰۲۳، ونکوور

- بوی برگ شمعدانی، مجید سجادی تهرانی، مهٔ ۲۰۲۳، ونکوور

- خطابه‌های راه‌راه: داستانی ناتمام، محمد محمدعلی، ژوئن ۲۰۲۳، ونکوور

- شام کریسمس؛ خورش قیمه‌بادنجان، نوشا وحیدی، ژوئن ۲۰۲۳، ونکوور

- سنگام و دیگر داستان‌ها، مهرنوش مزارعی، آوریل ۲۰۲۴، ونکوور

- شهر کریستال، مریم رئیس‌دانا، آوریل ۲۰۲۴، ونکوور

- پدرم کالیگولا را می‌کشد، علیرضا جوانمرد، فوریهٔ ۲۰۲۵، ونکوور

- به‌یـاد خالـق «جهان زندگان»، مجموعهٔ مقالات و یادداشـت‌هایی دربارهٔ زندگی ادبی و آثار محمد محمدعلی، آوریل ۲۰۲۵، ونکوور

- یـادگاری روی دیوار دیگران، مجموعهٔ مقالات و گفت‌وگوهای محمد محمدعلی دربارهٔ چهره‌های برجستهٔ ادبیات معاصر، به‌کوشش بهاره دهکردی، مهٔ ۲۰۲۵، ونکوور

بـرای خریـد نسـخه‌های الکترونیـک و چاپی کتاب‌های نشـر رها به‌صـورت آنلاین از لینـک زیـر اسـتفاده کنیـد یـا از طریق تبلت یـا تلفن هوشـمندتان کـد QR زیر را اسـکن کنید:

https://bit.ly/RahaaBookstore

Shomā mītavānīd īt sedāyam konīd!
(You May Call Me It!)
Fatemeh (Sahra) Kalantari
Editor: Maryam Hendoozadeh
Cover Design: Fatemeh (Sahra) Kalantari

Rahaa Publishing is the book publishing division of Hamyaari Media Inc.
PO Box 31055, St Johns Street, Port Moody, BC V3H 4T4, Canada
+1-604-671-9505
info@rahaa.pub
www.rahaa.pub

Shomā mītavānīd īt sedāyam konīd!
(You May Call Me It!)
Print ISBN: 978-1-7383638-7-2
eBook ISBN: 978-1-7383638-8-9

Shomā mītavānīd īt sedāyam konīd!

(You May Call Me It!)

Fatemeh (Sahra) Kalantari

Vancouver, Canada